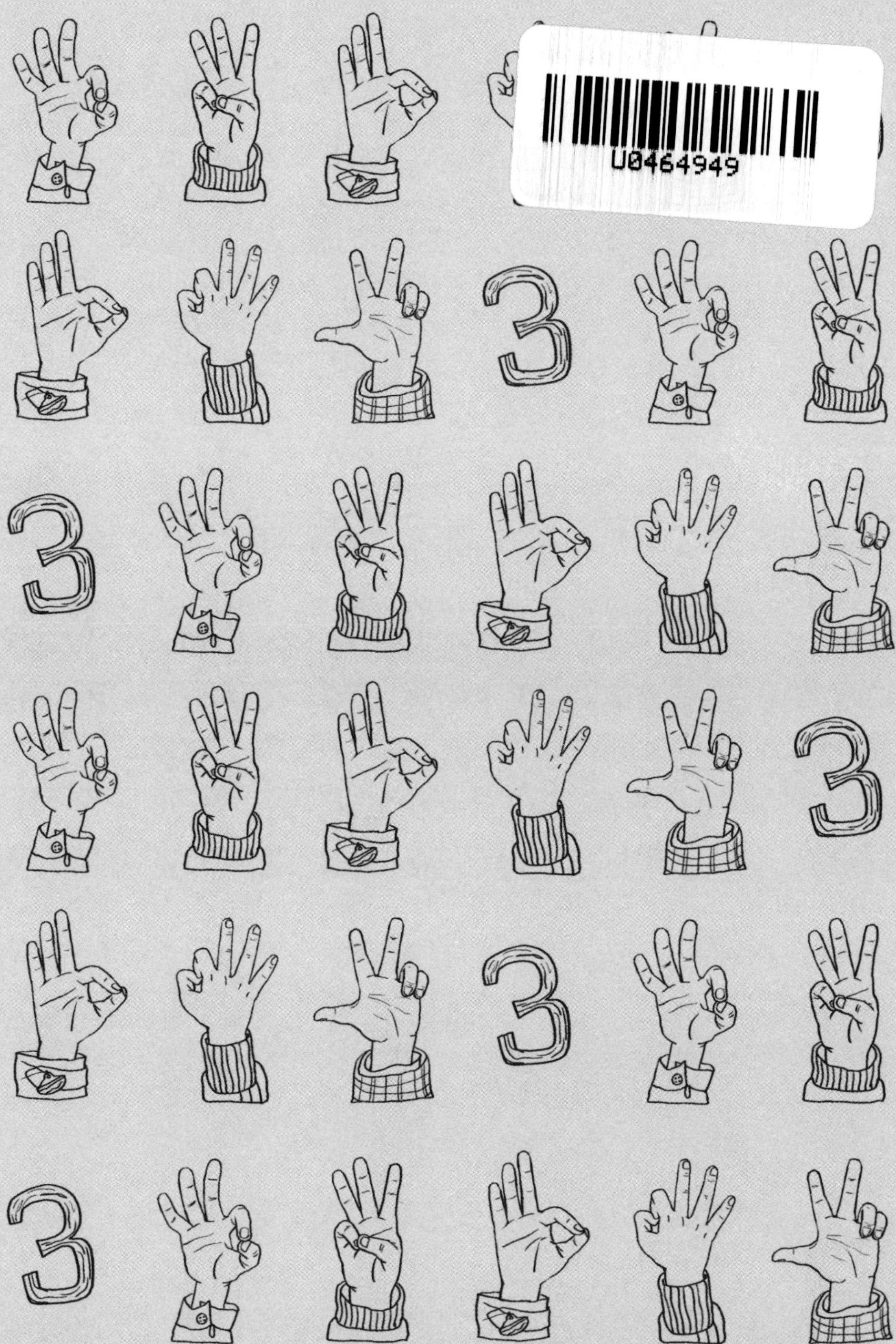

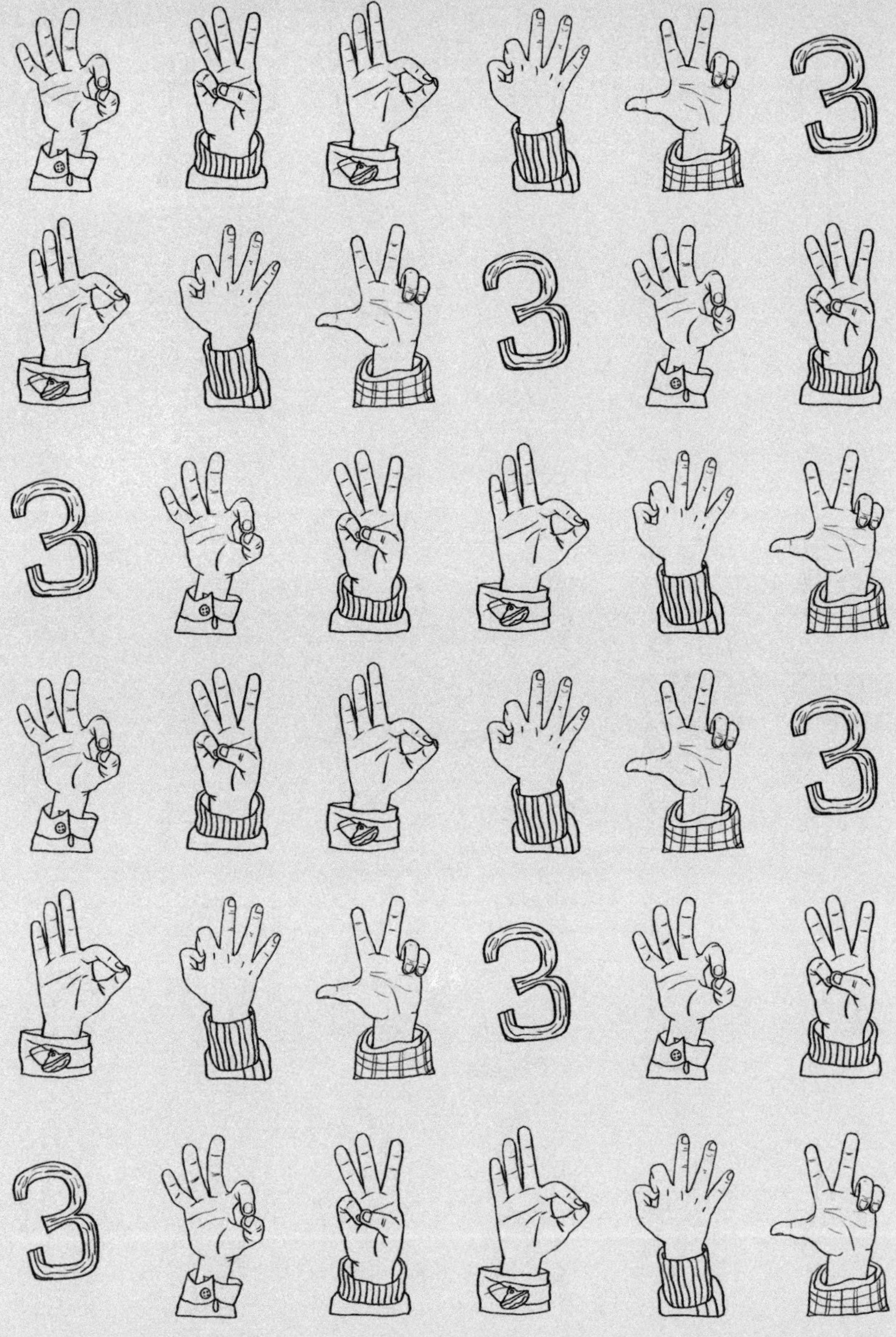

国际大奖小说

林格伦纪念奖

罗伯特的三次报复行动

[法] 让-克劳德·穆莱瓦 / 著

梅思繁 / 译

La troisième vergeance de Robert Poutifard

天津出版传媒集团

新蕾出版社

图书在版编目（CIP）数据

罗伯特的三次报复行动 /（法）让-克劳德·穆莱瓦著；梅思繁译. —— 2版. —— 天津：新蕾出版社，2022.3（2024.5重印）
（国际大奖小说）
ISBN 978-7-5307-7318-5

Ⅰ. ①罗… Ⅱ. ①让… ②梅… Ⅲ. ①儿童小说-中篇小说-法国-现代 Ⅳ. ①I565.84

中国版本图书馆CIP数据核字(2021)第257245号

La troisième vengeance de Robert Poutifard by Jean-Claude Mourlevat
The French original copyright © Gallimard Jeunesse, 2004
Simplified Chinese translation copyright © 2022 by New Buds Publishing House(Tianjin) Limited Company
ALL RIGHTS RESERVED
津图登字：02-2019-378

书　　名	罗伯特的三次报复行动
	LUOBOTE DE SANCI BAOFU XINGDONG
出版发行	天津出版传媒集团
	新蕾出版社
	http://www.newbuds.com.cn
地　　址	天津市和平区西康路35号(300051)
出 版 人	马玉秀
电　　话	总编办(022)23332422
	发行部(022)23332351　23332679
传　　真	(022)23332422
经　　销	全国新华书店
印　　刷	天津新华印务有限公司
开　　本	880mm×1230mm　1/32
字　　数	80千字
印　　张	5.5
版　　次	2022年3月第2版　2024年5月第7次印刷
定　　价	28.00元

著作权所有，请勿擅用本书制作各类出版物，违者必究。
如发现印、装质量问题，影响阅读，请与本社发行部联系调换。
地址：天津市和平区西康路35号
电话：(022)23332677　邮编：300051

一辈子的书

◎ 梅子涵

◆亲近文学◆

一个希望优秀的人,是应该亲近文学的。亲近文学的方式当然就是阅读。阅读那些经典和杰作,在故事和语言间得到和世俗不一样的气息,优雅的心情和感觉在这同时也就滋生出来;还有很多的智慧和见解,是你在受教育的课堂上和别的书里难以如此生动和有趣地看见的。慢慢地,慢慢地,这阅读就使你有了格调,有了不平庸的眼睛。其实谁不知道,十有八九你是不可能成为一个文学家的,而是当了电脑工程师、建筑设计师……可是亲近文学怎么就是为了要成为文学家,成为一个写小说的人呢?文学是抚摸所有人的灵魂的,如果真有一种叫作"灵魂"的东西的话。文学是这样的一盏灯,只要你亲近过它,那么不管你是在怎样的境遇里,每天从事怎样的职业和怎样地操持,是设计房子还是打制家具,它都会无声无息地照亮你,使你可能为一个城市、一个家庭的房间又添置了经典,添置了可以供世代的人去欣赏和享受的美,而不是才过了几年,人们已经在说,哎哟,好难看哟!

谁会不想要这样的一盏灯呢?

◆ 阅读优秀 ◆

文学是很丰富的,各种各样。但是它又的确分成优秀和平庸。我们哪怕可以活上三百岁,有很充裕的时间,还是有理由只阅读优秀的,而拒绝平庸的。所以一代一代年长的人总是劝说年轻的人:"阅读经典!"这是他们的前人告诉他们的,他们也有了深切的体会,所以再来告诉他们的后代。

这是人类的生命关怀。

美国诗人惠特曼有一首诗:《有一个孩子向前走去》。诗里说:

> 有一个孩子每天向前走去,
> 他看见最初的东西,他就变成那东西,
> 那东西就变成了他的一部分……

如果是早开的紫丁香,那么它会变成这个孩子的一部分;如果是杂乱的野草,那么它也会变成这个孩子的一部分。

我们都想看见一个孩子一步步地走进经典里去,走进优秀。

优秀和经典的书,不是只有那些很久年代以前的才是,只是安徒生,只是托尔斯泰,只是鲁迅;当代也有不少。只不过是我们不知道,所以没有告诉你;你的父母不知道,所以没有告诉你;你的老师可能也不知道,所以也没有告诉你。我们都已经看见了这种"不知道"所造成的阅读的稀少了。我们很焦急,所以我们总是非常热心地对你们说,它们在哪里,是什么书名,在哪儿可以买到。我就好想为你们开一张大书单,可以供你们去寻找、得到。像英国作家斯蒂文生写的那个李利一样,每天快要天黑的时候,他就拿着提灯和梯子走过来,在每一家的门口,把街灯点亮。我们也想当一个点灯的人,让你们在光亮中可以看见,看见那一本本被奇特地写出来的书,夜晚梦见里面的故事,白天的时候也必然想起和流连。一个孩子一天天地向前走去,长大了,很有知识,很有技能,还善良和有诗意,语言斯文……

同样是长大,那会多么不一样!

◆ 自己的书 ◆

优秀的文学书,也有不同。有很多是写给成年人的,也有专门写给孩子和青少年的。专门为孩子和青少年写文学书,不是从古就有的,而是历史不长。可是已经写出来的足以称得上琳琅和灿烂了。它可以算作是这二三百年来我们的文学里最值得炫耀的事情之一,几乎任何一本统计世纪文学成就的大书里都不会忘记写上这一笔,而且写上一个个具体的灿烂书名。

它们是我们自己的书。合乎年纪,合乎趣味,快活地笑或是严肃地思考,都是立在敬重我们生命的角度,不假冒天真,也不故意深刻。

它们是长大的人一生忘记不了的书,长大以后,他们才知道,原来这样的书,这些书里的故事和美妙,在长大之后读的文学书里再难遇见,可是因为他们读过了,所以没有遗憾。他们会这样劝说:"读一读吧,要不会遗憾的。"

我们不要像安徒生写的那棵小枞树,老急着长大,老以为自己已经长大,不理睬照射它的那么温暖的太阳光和充分的新鲜空气,连飞翔过去的小鸟,和早晨与晚间飘过去的红云也一点儿都不感兴趣,老想着我长大了,我长大了。

"请你跟我们一道享受你的生活吧!"太阳光说。

"请你在自由中享受你新鲜的青春吧!"空气说。

"请你尽情地阅读属于你的年龄的文学书吧!"梅子涵说。

现在的这些"国际大奖小说"就是这样的书。

它们真是非常好,读完了,放进你自己的书架,你永远也不会抽离的。

很多年后,你当父亲、母亲了,你会对儿子、女儿说:"读一读它们,我的孩子!"

你还会当爷爷、奶奶、外公和外婆,你会对孙辈们说:"读一读它们吧,我都珍藏了一辈子了!"

一辈子的书。

我谨将这部戏剧献给所有的小学老师，感谢他们教我们认字和书写。同时也将本书献给美丽岛上四个可爱的小朋友：奥克塔夫、露伊莎、爱玛和科林。

——让-克劳德·穆莱瓦

La troisième vengeance de Robert Poutifard

目 录

第一章　欢送会……1

第二章　不幸的童年，痛苦的职业……11

第三章　皮埃尔·依夫·勒康……20

第四章　热拉德表弟……28

第五章　第一次报复行动……38

第六章　布鲁事件……47

第七章　一次计划周密的陷害……55

第八章　噩梦般的上午……63

第九章　破案中……71

第十章　第二次报复行动……79

第十一章　一见钟情……92

第十二章　戒指风波……102

第十三章　奥德蕾·马赛克毛毛……112

第十四章　第三次报复行动……121

第十五章　11年后的见面……133

尾声……140

第一章　欢送会

1999年6月29日下午4点45分,帝乐小学的教师休息室里正在举行一场温馨的欢送会。教四年级的罗伯特老师要退休了,他的同事们坚持要给他办个欢送会,大家借机一起喝上一杯,再送上给罗伯特老师的礼物。

第一个发言的是校长让德尔先生。让德尔先生个子很矮小,脸上的神情总是很严肃。他拍拍手示意大家安静,然后开始他的演讲:

"亲爱的罗伯特,我想你的名字将会和我们的学校永远地联系在一起……因为你在这里度过了整整37个学年!"

"一点儿没错。"罗伯特小声嘟囔着,为了不让其他人听见,"37年的噩梦。"

"37年,你却从来都没想过要离开这个岗位,离开我们……"

"噢,我当然想过!从我当老师的第一天开始,每个晚上我都有这念头。"

"老教师们可都还记得你刚来的时候,年轻而有活力,才刚来……"

"才刚来就想走了。"罗伯特喃喃自语。

"你的教学质量和方法……"

尽管脸上带着微笑,实际上,罗伯特根本没在听校长讲话。他看着窗户外面的操场上那迎风婆娑的椴树,心里想:"还有一个多小时,60分钟多一点儿,我可就……"

当大家突然鼓起掌的时候,罗伯特猛地回过神儿来。校长先生正在总结:"……我想说的是,罗伯特,我们大家都会想念你的,孩子们都会想念你的……"

"我可完全没打算抛下这些小孩儿们不管!"罗伯特突然说道。

四年级的学生代表——两个小女孩向罗伯特走去。第一个向他献上一大束鲜花。

"谢谢你,这花真漂亮!"罗伯特嘴上这么说,心里想的却是"回家的路上正好要经过垃圾车"。

第二个小女孩向他朗诵班级里事先准备好的发言稿:"罗伯特老师给我们上数学、拼写和自然课。他总是那么耐心,那么慈祥……"

"给你们上的那些课差点儿没把我无聊死!"他暗想。

"他把一生都献给了我们。"小女孩继续朗诵着,"罗伯特老师,谢谢您!谢谢您为我们做了那么多的工作。就算再过一千年,我们也不会忘记您的！"

"哦，多么可爱的朗诵！真是非常非常感人！"校长先生说。

所有在场的人都为小女孩如此动人的致辞鼓起掌来。

"孩子们，我也不会忘记你们的。"罗伯特心想，"相信我。"

随后，三年级的老师——金发美女艾涅瑞拉小姐代表所有的同事，向罗伯特老师赠送礼物。那是个精致小巧的礼盒，里面装着一支纯金钢笔。艾涅瑞拉小姐显然事先也准备好了要说上几句，可这个时候，她嘴唇颤抖着，居然一句话也说不出来。于是，她踮起脚，而罗伯特则弯下他1.96米高的身体，如此这般，两个人的脸才能碰上，行一个贴面礼。这也是罗伯特在这场欢送会中唯一一次真情流露。

"谢谢你，克罗蒂娜。"他小声地对艾涅瑞拉小姐说，随后，立即又将话锋转向在场的所有人，"谢谢，谢谢大家。我非常感动。"

"你可以用这支钢笔写回忆录。"校长开玩笑地说。

"这倒是真的，这37年来的所有细节，我统统记得。"罗伯特想，"我自有我的方法，好好利用这些回忆……"他把那支金笔装进了自己的上衣口袋。

欢送会洋溢着欢快的气氛，大家喝着香槟酒，吃着番茄酱小比萨饼，还有一些美味的餐前小饼干。罗伯特当起了服务员，他给同事们倒饮料，拿点心，好让自己有事情可干，尤其是让他的两条长手臂有地方可放。往常在这种场合，他总是不知道该把自己长长的手臂往哪里放。

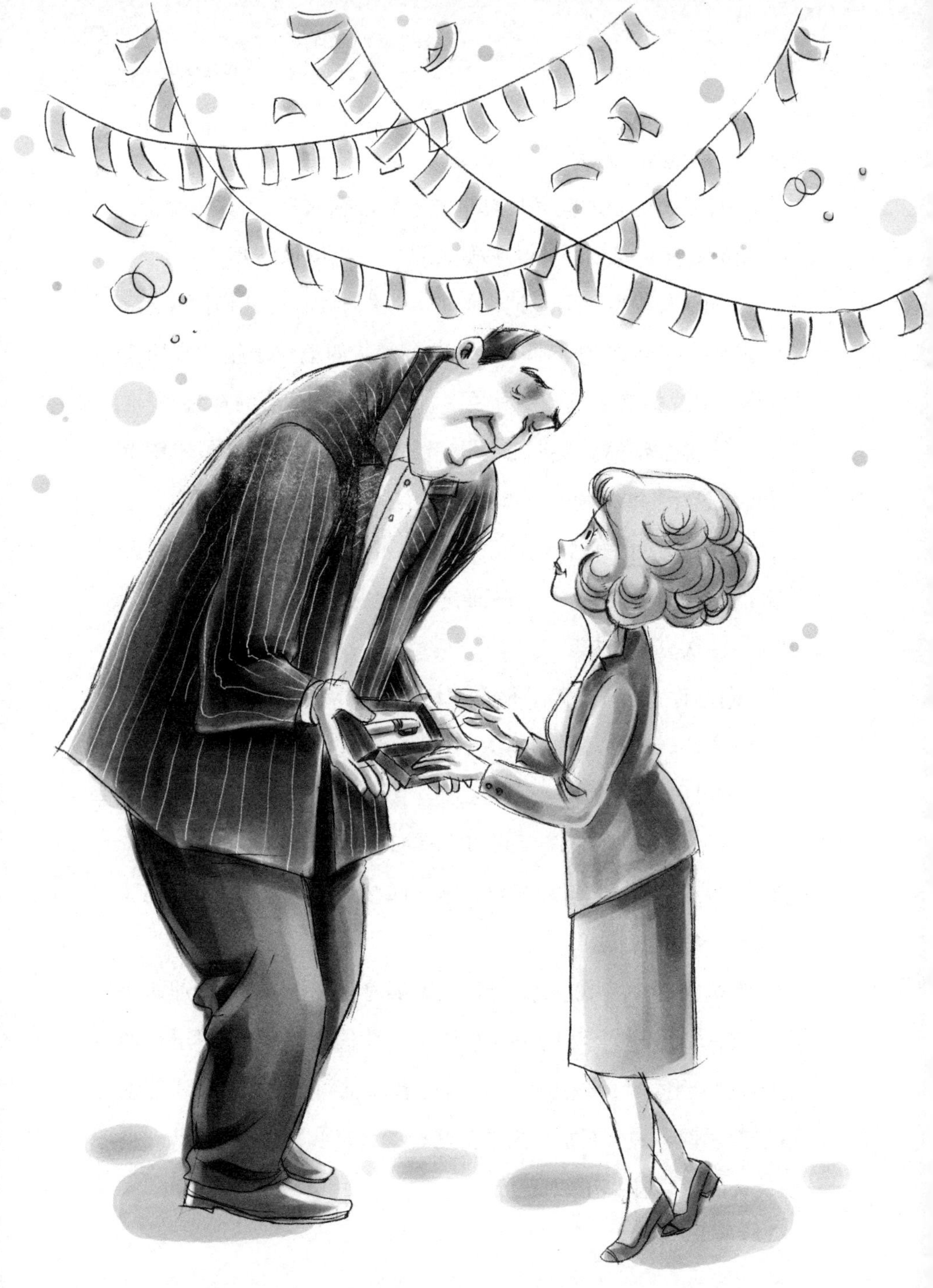

"还有30分钟……20分钟……"罗伯特给自己打气。那些无聊的谈话让他无比厌烦,同事们问来问去,无非都是些相同的问题:

"你以后白天都准备干些什么,罗伯特?"

"你该不会觉得无聊吧?"

"估计刚开始的时候会很不习惯吧?"

"你会常来看我们的,是吗?"

罗伯特心里清楚,接下来的几个月他绝对不会觉得无聊!不过,现在最好还是不要让同事们知道……

6点左右时,大家开始互相预祝假期愉快。还有10分钟……5分钟……罗伯特有点儿迫不及待了。再最后握一下手,最后吻一下脸颊……6点15分,罗伯特帮清洁女工整理完教师休息室后,准备离开已经空无一人的学校。离开前,他最后望了一眼那片他走了37年的操场,那些他看了37次花开、37次花落的椴树,那面灰蒙蒙的教学楼墙壁,还有二楼那间拉着窗帘的教室。随后,他抱着那束花,转过身向停车场走去。罗伯特的车是辆黄色的老雪铁龙2CV,他坐到驾驶座上,用钥匙启动了汽车。和往常一样,汽车的雨刷突然就自行摇摆起来,他只得猛敲了一下仪表板,好让雨刷能够停下来。

汽车下行到靠近河岸处,一个公共垃圾桶摆放在路边。罗伯特看了看高处,一个人都没有,于是,他停下车,毫不犹豫地把那束花扔进了垃圾桶里。而就在他把花投进垃圾桶之后,罗伯特忽然做出了一个决定。他拿起后座上那只他提了37年之久的鞣革旧公文包，打开车门，下车走到垃圾桶边，只犹豫了不到五秒钟，就把公文包也扔进了垃圾桶。它和那束花一起，躺在被人们丢弃的各种旧物和垃圾中。接着，罗伯特又将公文包埋到各种垃圾杂物的下面，然后拍了拍手，搞定！

罗伯特重新上路，沿着河岸一路开到十字路口，然后向左转。两分钟后，他到达宽阔的冈贝塔大街，并将车停在了"冈贝塔大街80号"前。这是一幢建于20世纪初的大楼，阳台一律都朝向大街另一边的公园，公园里面种了很多栗子树。罗伯特喘着粗气爬上三楼，那是套宽敞的大公寓，60年前他在这里出生，而今天，他仍然在这里生活……

他把外套挂在大衣架上，走进客厅，给自己倒上一杯威士忌，又加了两块冰。然后，他手拿酒杯，将自己137公斤重的身体陷入那印着绛紫色大花的沙发里，无比满足地叹了口气："终于结束了！总算熬到头了！"

"你回来了？"房间里一个颤抖的声音问道。

"是的，我回来了，妈妈。"罗伯特回答。

"一切结束得还顺利吧？"

"是的，妈妈，这回是真的结束了。"

"你不过来看看我？"

罗伯特站起身，沿着昏暗的走廊向前走，走廊深处那间卧室的门和往常一样虚掩着。他推开门，看到他的妈妈头枕着一个粉色的枕头,朝他微笑着,长长的手臂露在睡衣的花边袖子外面。在罗伯特妈妈那一辈人里,她的个头儿属于出奇高大的类型,她的两只脚几乎都要碰到床尾的铁架子了。罗伯特走过去,坐在她身边。

"哦,罗伯特,"她叹着气说,"我要是有力气,我要是能起床,我一定会帮你的忙……你一定要把今天欢送会上发生的事一五一十地讲给我听。"

罗伯特小心地握起妈妈那双美丽却长满皱纹的手,轻轻地吻了一下。

"我全都讲给你听,保证你一个细节都不会错过。你先休息一下,我去给你准备晚饭,要不要来一碗苹果泥或者一些小饼干当甜点?"

"给我一碗苹果泥。哦,罗伯特,我是不是让你难过了……"

他温柔地笑着:"没有,妈妈,完全没有……"

茶几上放假牙的茶杯边摆着一个木质的相框,相片中的男人脸圆圆胖胖的,留着小胡子,头发已经掉光。他面容慈祥地注视着罗伯特,目光中似乎充满着鼓励。

"你看,"妈妈说,"你爸爸一直都和我们在一起,他会帮助我们的。"

这天夜里,因为过于兴奋,罗伯特一直难以入睡。将近两点的时候,他从床上爬了起来。在打开走廊的电灯前,罗伯特先听了听对面卧室的动静,直到确认妈妈已经沉沉地睡去,他才蹑手蹑脚地往客厅旁边的书房走去。尽管地上铺着地毯,他那沉重的身躯还是压得地毯下的木头地板不停地嘎吱作响。罗伯特走进书房,站在一个结实的凳子上,从书架上最高的那层取下两个纸盒。那两个盒子上分别用黑色的软笔写着"班级照片"和"文件"。

他打开第一个纸盒,从里面拿出37张照片,一年一张,一张都不少。最老的照片摄于1963年,是他教学生涯的头一个学年,最新的是今年4月拍的。这37张照片中,前五年的五张是黑白照,其他都是彩色的,罗伯特观察着这些照片上的自己,随着时间的流逝,他的身材变得越来越臃肿,头发也越来越稀少,到了40岁左右的时候,他就已经秃顶了。四年级的学生通常都在8到9岁之间,被这群小孩儿围绕着,他看上去似乎老得慢了一些。不过,他发现自己在这37张照片中,几乎都没有什么笑容,而大部分的小孩儿却都笑开了花。

"笑,让你们笑!"他咬牙切齿地说,"用不了多久你们就笑不出来了……"

第二天早上,为了能摊开所有照片看个清楚,罗伯特坐到了大餐桌前。他拉开桌子的折叠板,木头发出"嘎吱嘎吱"的响声。罗伯特回想着上一次用桌子折叠板的情景,那还是在他爸爸去世前,家里常常有爸爸的朋友来做客的时候,这一晃都30年了……这些温馨的回忆却也让他觉得很是痛楚,几乎30年没有什么人来过家里了,30年间,只有他和妈妈……

整整三天里,罗伯特拿着放大镜,或是反复看那些照片,或是阅读所有从前的文件。在一本活页笔记本上,他潦草地写下不同的名字、日期,加上各种注释和评论,然后又不断地画掉这个名字,加上那个名字,来回地比较、分析……停下来的时候,他会走进妈妈的卧室,陪她一会儿,或者是在舒适的缎面安乐椅上稍坐片刻。

"你进行到哪里了?"妈妈问。

罗伯特告诉妈妈自己的犹豫和怀疑,询问她的意见,同时也从她那里得到一些安慰。毕竟,重新拾起那么多的回忆和细节,相当于让他把这一切再经历一遍,对他来说无疑是巨大的痛苦。

第一天,罗伯特和妈妈一起,列出了一张写有 32 个小孩儿名字的清单。

第二天,他们淘汰了 20 个,剩下 12 个。

第三天,老太太让儿子独自完成这项工作。

"在经历了所有这一切以后,应该由你自己来做决定。"她说。

于是,在 1999 年 7 月 2 日和 3 日的晚上,罗伯特终于做出了最后的选择。他在本子上清楚地写下了三组,准确地说是四个小孩儿的名字:

皮埃尔·依夫·勒康,四年级,1966—1967 学年

克丽斯泰勒·吉约和娜塔丽·吉约,四年级,1977—1978 学年

奥德蕾·马赛克毛毛,四年级,1987—1988 学年

"到了该了结咱们之间恩怨的时候了,小跳蚤们!"罗伯特自言自语道。随后,他在本子的封面上写下了大大的几个字——罗伯特的复仇备忘录。

要真的报复所有那些小孩儿,就是把罗伯特的一辈子搭上也不够,所以,他只能挑几个有代表性的。罗伯特准备把跟其他小孩儿的账也一块儿算到这四个人头上。他们完蛋了!

凌晨三点半,一辆摩托车轰鸣着驶过冈贝塔大街。随着摩托车的远去,夜又恢复了先前的寂静,只有走廊深处那虚掩的卧室门里传出罗伯特妈妈安详的呼噜声。

第二章 不幸的童年，痛苦的职业

罗伯特一直讨厌小孩儿。当他自己还是小孩儿的时候，他就已经痛恨小孩儿了。对此，他当然有他自己的理由。在他八年的幼儿园和小学生活中，每天晚上，当他回到家里的时候，要么脸被抓破，要么腿上有大块瘀青，要么就是外套上遍布污渍，衬衫被扯破，毛衣被拽到脱线……毕竟，当一个小孩儿的个子比其他所有小孩儿都矮半头，也没有兄弟姐妹教他如何打架的情况下，再加上这个小孩儿还天生胆小孱弱，他如何能够保护自己免受其他小孩儿的"攻击"呢？

罗伯特永远都不会忘记自己 7 岁那年的一天，他经历了这辈子的奇耻大辱：他光着两条腿，横穿了几乎半个小城，一路上拼命扯着衬衣的下摆，想要把下半身遮住。当他终于回到家后，他蜷缩在一楼楼梯的台阶上，难为情得恨不得当场死掉。妈妈听到楼梯间传来的呜咽声，从房间里跑出来，对着楼下大喊："罗伯特，你在楼下干什么？发生什么事了？是不是他们又把你的新裤

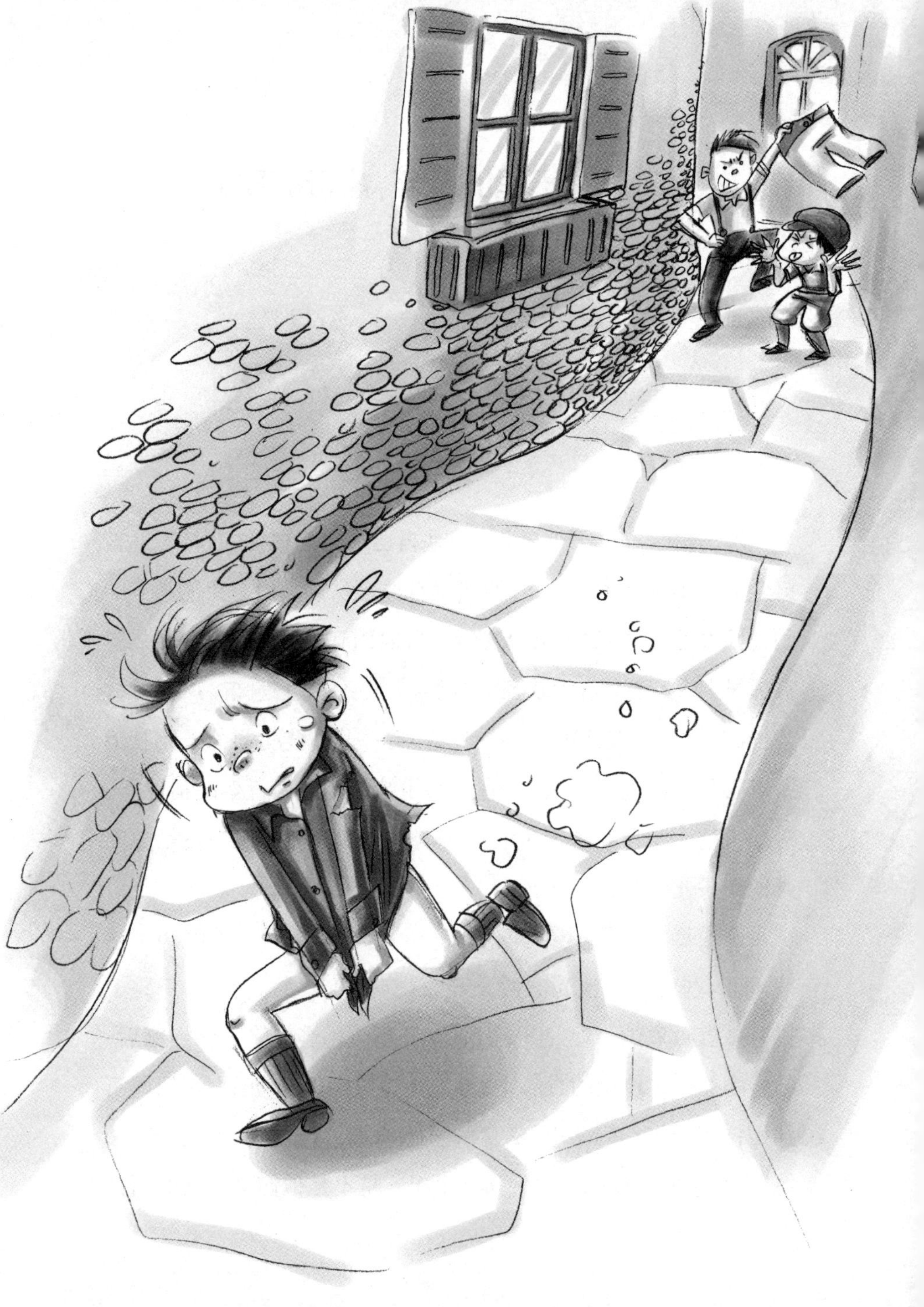

子扯烂了?"

于是,他只能说出残忍的事实:"没有,妈妈,不是我的裤子被扯烂了,我是根本没有裤子了!"

说完,罗伯特奔上楼,向妈妈跑去,猛地扎进她的怀里。

妈妈安抚着他:"宝贝,不要紧,妈妈在这里……那都是些怪物!我早说过了,那些小孩儿都是怪物!"

他从来都没有忘记过妈妈那天的话,也从来没有怀疑过:小孩儿都是怪物!

转天,身材高大的罗伯特妈妈声音颤抖着对学校的校长说:"校长,这一次他们实在是太过分了!您看我的儿子……"

"我知道,我知道。"校长打断了她,"罗伯特的同学们……"

"同学?您把那些逼着罗伯特光着屁股走过半个城区的小孩儿称为他的同学?!我要求您立刻给罗伯特换班级,否则我们明天就转学!"

"夫人,"校长先生叹着气说,"罗伯特已经转过三次学了,班级也已经换了十多次,这根本就解决不了问题。孩子们就是专门欺负他,他身上好像就是有能激发小孩儿们'恶'的一面的特质……"

星期三是小学生的休息日,罗伯特却从来不出门和其他小孩儿玩,他喜欢留在家里,和妈妈待在一起。妈妈也建议他留在家里。

"还是待在家好,罗伯特……那些小孩儿统统都是小流氓。

留在家里,至少没有人会欺负你。来,罗伯特,我们俩一起做个樱桃蛋糕好不好?"

"你妈妈说得有道理。"爸爸说,"做完蛋糕我带你去工作间,让你看看怎么做扣眼。"

罗伯特的爸爸比他的妈妈大15岁,是个矮小、圆胖、长着小胡子的快乐男人。他比罗伯特的妈妈要矮将近20厘米,两个人的身高差距常常会惹人发笑。爸爸是个裁缝,工作间就设在他们住的那幢楼的地下室。工作间里除了剪刀和缝纫机发出的声音,还有无线电广播里传出的轻柔的古典音乐。爸爸还热爱歌剧,所以常常轻声哼着音乐。他的工作间总是充满了温馨与宁静的气氛,好像整个世界的纷纷扰扰都被一扇门隔绝在外。罗伯特恨不得每一天,每一个星期,甚至一辈子都待在爸爸的工作间里。

可是,学校是必须要去的。最糟糕的是,在那个叫"学校"的地方,有那么多令人难以忍受的、喜欢大喊大叫的、愚蠢又凶狠的小孩儿。

等罗伯特上了初中,情况非但没有改善,反而越来越糟,他依旧是所有小孩儿欺负与捉弄的对象。他们无数次地藏起他的书包,把鼻涕虫放进他的铅笔盒,把墨水滴到他的头上,在他的甜点里撒胡椒粉,冒充他的签名写各种可笑的求爱信……小孩儿们捉弄罗伯特时的想象力似乎特别丰富。

一直到1954年9月,开学的第一天,当罗伯特走进初三年级教室的时候,所有人都愣住了。大家几乎认不出他了。

罗伯特的三次报复行动

"真的是你?"同学们不相信地问。

"你们以为是谁!"罗伯特恶狠狠地回答。

原来,在两个月的暑假里,罗伯特长高了整整24厘米,比先前重了32公斤!他的食量是原来的两倍,而所有原来的衣服自然也都穿不下了。这下,小孩儿们对他的骚扰突然就比去年少了很多。而罗伯特则在这一学年里继续蹿高,到了转年6月初的时候,他已经长到1.91米高,体重87公斤。从那以后,再没有人敢惹他了。

等到罗伯特上了高中,在大家的印象里,他就是个高大的、胖乎乎的腼腆男生,身高高于学校里的所有人。慢慢地,大家也就习惯了这个普通男孩的存在。

但是,罗伯特从来都没有忘记过自己那不幸的童年。几年后,到了要选择就业方向的时候,他毫不犹豫地选择了唯一能让他实现报复那些小孩儿的职业——小学教师!

他干劲儿十足地学习,全心盼望着有那么一天,一整间教室的坏小孩儿都在等着他来训斥和教诲。他甚至常常思考还有什么更恶毒的、能够惩罚小孩儿的方法。对此,他的点子倒是一点儿都不少。

不幸的是,在教师培训即将结束的时候,他被告知了一项令他感到不可思议的规定:作为教师是不可以打小孩儿屁股的,也不能扯他们的头发,就连像从前那样罚他们在操场上跑圈儿都不行。于是,罗伯特红着脸,害羞地问:"那耳朵呢?揪一下耳朵总

15

可以吧？"

他的同学都忍不住大笑起来。而师范学校的老师则用冷冰冰的语气回答道："真抱歉，揪耳朵也不行，罗伯特。"

罗伯特当时真是失望到了极点。但这个时候后悔已经太晚，他既然已经选择了当老师，怎么着也只能这样继续下去了。

在37年的教学生涯中，罗伯特好几次险些要发疯。从第一年开始，他就被派往帝乐小学教书。这所破旧的小学还让他想起了许多痛苦的陈年旧事：他三年级的时候曾在这所学校待过一段时间，有一次放学回家前，一帮小孩儿把他半边头发都剃光了……罗伯特为了方便每天上下班，买了一辆雪铁龙2CV。经销商店里当时只剩下黄色的款式，罗伯特非但没觉得有什么不妥，反而觉得这个颜色很漂亮。而他也继续和父母生活在冈贝塔大街，毫无搬家的打算。

学校让罗伯特负责四年级一个特别吵闹的班级的教学。从那以后，他觉得自己童年时那如地狱般的生活又回来了。他从来都没有办法让那些小孩儿安静下来，这些让人忍无可忍的"小蚊子"从早"嗡嗡"到晚，什么事都可以让他们笑得像是要疯掉一样。他们在背后肆意嘲笑罗伯特，还总是把纸团偷偷粘在他身上。

毫无疑问，罗伯特讨厌所有小孩儿，但他对那些聪明的小孩儿更是格外地仇恨：他们通常4岁就开始识字，认识罗马数字Ⅰ到Ⅴ，能毫不犹豫地告诉你布基纳法索的首都在哪里。当这些小孩儿问罗伯特算术问题的时候,他简直恨死了他们。

"老师,8乘9等于多少?"

"……"

传言立即就在小学生们和其他老师中间散播开来——"罗伯特老师不会背乘法表"。的确,罗伯特的脑袋对乘法表不怎么感冒。从1到6的乘法他还能应付,一超过6,他就控制不住地惊慌失措,接着就开始胡言乱语。而每当他意识到自己又回答不了学生的问题时,全身的血液就直往头顶上冲。那些小孩儿就一起起哄,给他施加更大的压力。罗伯特最终便会失去控制。

"闭嘴!"他大喊,"我命令你们,全部给我闭嘴!"

有时晚上回到家,罗伯特的妈妈会帮他一起复习乘法表。为了不影响罗伯特的爸爸在客厅读报纸,罗伯特和妈妈便待在厨房里,两个人一遍又一遍地背着乘法表中7、8、9的部分。妈妈总是耐心又温柔地说:"不对,罗伯特,8乘8不等于112……"

于是罗伯特就再从头背起。可到了第二天早上起床的时候,他还是不知道7乘9是等于58,127还是840!

这份工作简直要把他累死了。每天晚上回到家,他都气得要爆炸,还感到很绝望。凭他的力气(1.96米的身高,125公斤的体重),那些"小苍蝇"早就应该被他一下子都拍扁。只不过,当老师的没权利这么干。完全没权利!

向来痛恨运动的他逐渐养成了每天晚上到隔壁公园长跑10千米的习惯。

"你不要紧吧?"看到他大汗淋漓,气喘吁吁,妈妈很是担心。

"不要紧,跑步可以帮我发泄,别担心。"

从 10 千米到 15 千米,然后 20 千米,30 千米……有时候,直到凌晨一点,你还能听到罗伯特在公园里边跑边咕哝:"这些害人的、恶心的小东西!都是些'小蚯蚓'!总有一天让你们知道我的厉害!"

一个又一个新学年,他继续着痛苦的教学生活,似乎每个新班级都比原来的班级更加让人无法忍受。

70 年代初的时候,罗伯特爸爸的健康状况急转直下。他已经连楼梯都下不了了,于是每天就待在楼上的起居室里读关于拿破仑的书。1972 年的秋天,他开始神志不清,每天早上坚持要下楼去上班。

"你累了。"他的妻子说,"明天再去吧。"

要如何向他解释,他已经退休 15 年了,他从前的工作间现在已经是个复印室了?

"我觉得好多了,罗伯特你呢,你的课上得如何?"

"很好,非常好,爸爸。"他的儿子只能撒谎。

一天早上,老头儿称自己完全康复了,精神得很,非要下楼去上班。大家自然是不让他去。于是他就开始整理储藏室。就在那天下午,老头儿去世了。

罗伯特和妈妈非常难过。

"哦,罗伯特……"妈妈含着眼泪说。

"别难过,妈妈。"他安慰她,"我永远都不会离开你的。"

几个星期后,当罗伯特重新走进二楼四年级的教室时,他愣住了。有人用白色的粉笔在黑板上写下了几个大字:罗伯特爱他的妈妈。他用尽所有方法,威胁加恐吓,却还是查不出究竟是谁干的。那天回到家后,他愤怒地哭了,这些小孩儿怎么能那么残忍和邪恶呢?!

第二天晚上,突然有两个字清晰地出现在他的脑海中——报复!

"我要等待时机到来,"罗伯特想,"耐心地等到退休的那一刻,我就可以干我想干的事了!这些小孩儿,恶心的小东西,他们会付出代价的!我要报复!我要把他们一个一个都找出来,就是跑到澳大利亚的沙漠去找也在所不惜!我用我的生命起誓,我一定会报复的!"

于是,他在这美妙的报复计划里找到了支撑他完成余下27年的教师生涯的力量。

罗伯特和他的妈妈秘密地分享着这个计划。总有一天,他们会报复的!妈妈也向儿子承诺,一定会等到那一天。她每天为罗伯特烹饪美味的小菜,替他洗衣服,照顾他的生活。她鼓励他每天去上班,勇敢地面对那群"小苍蝇"。每当他绝望的时候,她都会朝他微笑,或者冲他挤挤眼睛,那意思就是:"别急,这一天总会来的,他们一定会付出代价的……"

第三章　皮埃尔·依夫·勒康

　　罗伯特在帝乐小学 37 年的教师生涯中，皮埃尔·依夫·勒康是他最为痛恨的小孩儿之一。皮埃尔·依夫·勒康是本地一家著名餐馆的老板的独生子。这个懒小孩儿能做到每天都来学校，似乎就是为了展现他的自命不凡。勒康以自己的父亲为榜样，公然鄙视教师这个职业，尤其看不起罗伯特。对他来说，既然继承父亲的餐馆和财富是必然的事，那么学习历史、拼写和其他科目自然就毫无意义了。唯一让他感兴趣的是算术中的口算，也许是为将来当老板算账做准备。

　　因为这个"小狗屎"——罗伯特背地里这么叫勒康，1967 年 4 月 14 日，罗伯特经历了他职业生涯中最黑暗的一天。说实话，他直到现在都没从这件事里缓过来。

　　这里需要说明一下的是，小学老师经常要接受国家教学管理机构的检查员们的抽查。检查员们来听课，随后给被检查的老师们一些建议，当然也给他们打分。千万不要以为老师们喜欢听这些检查员的建议，相反，他们害怕接受检查，尤其是怕得到一个坏分数。

罗伯特当时 26 岁，已经教四年级的小孩儿快五年了。星期二的时候，学校通知他，星期五会有人来听他的课。他紧张得脸上直冒痘痘，晚上睡觉的时候冷汗都浸湿了床单。

"别太紧张。"罗伯特的爸爸说。那年他还没有去世。

"星期三我再帮你复习一下乘法表。"罗伯特的妈妈承诺道。

于是，星期三上午复习数字 7 那一行，下午是 8，晚上是 9。罗伯特这一天累得半死，晚上躺在床上，闭上眼睛，却怎么也睡不着。

8 点 30 分，检查员走进了教师休息室。那是位年轻的女士，身穿鲜红色的紧身小套装，有着两条美丽的长腿，看上去简直像个空中小姐。罗伯特向来见到年轻女性就紧张。他狠狠地咽了咽口水。他倒希望来的是位男检查员，那他就不会像现在这么不知所措了。

"史蒂芬妮，国家教学检查员。"她向罗伯特伸出自己柔软的小手，"很高兴认识您。"

"我也……是。"罗伯特被她的微笑弄得很窘迫，说话都结结巴巴的。

检查员走进教室，自然而亲切地对学生们说："大家放心，我只在这里待一会儿，你们按照平时那样上课就可以了。"

接着，她优雅地走到教室最后面，在为她事先准备好的椅子上坐下,从包里拿出一个本子和一支笔,然后向罗伯特示意可以开始上课了。

直到课间休息前,一切都还算正常。他给学生们做了听写,复习了下时态。小孩儿们都做得不错,连平时喜欢闹事的勒康也表现得特别乖巧顺从。

"实际上,勒康也不是真的那么坏。"罗伯特在心里说,"他也明白今天对我来说有决定性的意义。今天下午我会好好谢谢他……"

课间休息的时候,检查员被请到教师休息室喝咖啡。罗伯特的同事们都有些羡慕地看着他,意思是说:"看,有位美丽的女士和你待在一起!"罗伯特也觉得挺自豪。当他重新回到教室的时候,他甚至觉得自己今天已经稳操胜券了。

"接下来上数学!"他坚定地对学生们说。

形势在10点40分左右的时候急转直下。坐在最后一排的皮埃尔·依夫·勒康高高地举起了手。

"老师,7乘9等于多少?"

勒康的眼睛里闪着幸灾乐祸的光芒,迫不及待地想看自己的老师出丑。其他小孩儿都在心里想:勒康果真是胆大包天!

换成其他任何一个普通老师,这个问题一定在几秒钟之内就解决了。

老师会这样说:"皮埃尔·依夫·勒康,如果你不知道7乘9等于多少,说明你没有好好复习功课。其他同学谁能回答这个问题？"

这时候,一定会有个小孩儿举起手大声回答:"老师,7乘9等于63。"然后,老师自然就可以进入课程的下一个环节。

但是,罗伯特不是一个"普通"的老师。对他这个已经重达128公斤的大个子突然提出"7乘9等于多少"这个问题,相当于把一只小老鼠放到了大象的鼻子里——起因虽小,反应却绝对很大。

"7乘9……"他结巴着,"7乘9等于……"

四年级教室里的30个小孩儿都一动不敢动,担忧地看着他们的老师。他们纷纷举起手,想给出这个问题的答案。而检查员这时皱起了眉头,她觉得有些事情似乎不太正常。

在这片令人窒息的寂静中,罗伯特继续做着那令人绝望的努力。

"嗯,7乘9……7乘9等于9乘7,是数字9那一行……我们把它当10算,然后再减掉1……哦,妈妈,妈妈帮我算下……我们还是先看9乘5,这个我知道,9乘5等于45……那9乘6等于45再加上9,54,然后减去1,53……那9乘7等于……刚才那个等于多少,54还是53?哦,妈妈……"

罗伯特逐渐感到绝望,而教室里那寂静的气氛也越来越令人难以忍受。于是,他决定试试自己的运气。

"7乘9等于……132。"

如果检查员不在场的话,全班一定又会哄堂大笑起来,然后

23

罗伯特会冲他们大喊:"闭嘴!全部给我闭嘴!"

但是这一次……所有小孩儿都一声不吭,扭过头去看检查员小姐,似乎是把她当成见证人。

"您听见了,我们的老师不会乘法表,您说我们该怎么办?"

罗伯特试图把这个不可饶恕的错误当成一个口误,纠正说:"对不起,我想说的是,7乘9其实等于94……"

罗伯特的汗从脑门儿上滴滴答答地流下来。检查员那双美丽的眼睛里充满了迷惑。

"真热,很热,是不是?"罗伯特结结巴巴地说,"透不过气来了……"

罗伯特急急忙忙跑到窗边去开窗户……

坐在这扇窗户边上的,是孱弱而用功的卡特琳·肖斯。肖斯来自一个不富裕的家庭,家里有六个兄弟姐妹,她是老大。由于要照顾兄弟姐妹和分担家里的其他活计,她常常因为生病或极度疲劳而缺席。但肖斯一直是个很优秀的学生,尤其是法语这一科,成绩十分优异,而且,在任何情况下,这个女孩都尊敬师长,礼貌有加。罗伯特向来对小孩儿没什么好感,但对这个文雅低调的肖斯却一直都很喜欢。可是,不幸的事情还是发生了。

罗伯特,身高1.96米,体重128公斤,当他猛地用力打开窗户的时候,窗框角一下子划破了身高1.22米、体重27公斤的肖斯的额头,伤口将近五厘米长。小女孩大声尖叫着,鲜血猛然涌出。

"天哪！"罗伯特惊叫道。

这下可乱了套了。教室里一半的小孩儿冲出走廊去找人帮忙，还有一半全部围到肖斯身边。小女孩坐在座位上抽泣着，额头上鲜血直流，眼镜也被打碎了。

"安静！大家安静！"罗伯特喊。但是没有人听他的。

肖斯的同桌布里吉特·拉瓦蒂慢慢地从椅子上往下滑，瘫倒在了地板上。

"老师！老师！布里吉特昏过去了！"小孩儿们尖叫。

罗伯特立即弯下腰去，布里吉特的小脸一片煞白。罗伯特拍打着她的脸颊，一开始是轻轻地拍，但是小孩儿依旧毫无知觉，于是他越打越重。而此时，肖斯那本整洁的数学笔记本已经被她的鲜血慢慢浸透了。

就在教室里乱成一锅粥的时候，罗伯特的思维突然奇迹般地清晰起来。他一边大喊着"打电话给医生，快"，一边站起身，努力地向电话所在的位置冲去。他在教室里一路横冲直撞，桌子椅子都被他掀翻在地，而就在他要拿起电话听筒的时候，又因为手臂用力过猛，"啪"地一下把金鱼缸撞翻在地。鱼缸被砸了个粉碎，水流了一地，里面的七条金鱼也全都摔在了地上，其中一条肥肥的金鱼还是所有小孩儿的最爱，因为它的表情看上去像是一直在笑。

检查员小姐直到这个时候，都还站在教室的最后面，没有加入他们。现在，她觉得是时候做点儿什么了，但是她的这个决定

25

绝对是不明智的。她走了还不到两米，左脚的高跟鞋就踩在了一条金鱼上，跟着，她整个人背朝下地摔倒在又是水又是碎玻璃的地上。罗伯特本想去搀扶检查员小姐，可还没等他迈开步，就一脚踩在另外一条鱼上，顺着滑溜溜的地板朝着检查员小姐猛撞过去……接着，大家听到检查员小姐一声惨叫。而正好在这个时候，校长先生得到消息，走进了教室。

现在来总结一下这个"迷人"的上午：

卡特琳·肖斯头上缝了14针，在家休养了整整两个星期，当然，她还得换副眼镜。

布里吉特·拉瓦蒂，下巴脱臼，左脸颊充血。

史蒂芬妮小姐，国家教学检查员，被送进了北部医院。她全身上下多处被碎玻璃扎伤，右肘严重骨折，因此上了五个星期的石膏，还接受了两个半月的康复治疗。

罗伯特，四年级教师，获得了历史上从未有过的糟糕分数。

七条金鱼全部死亡。

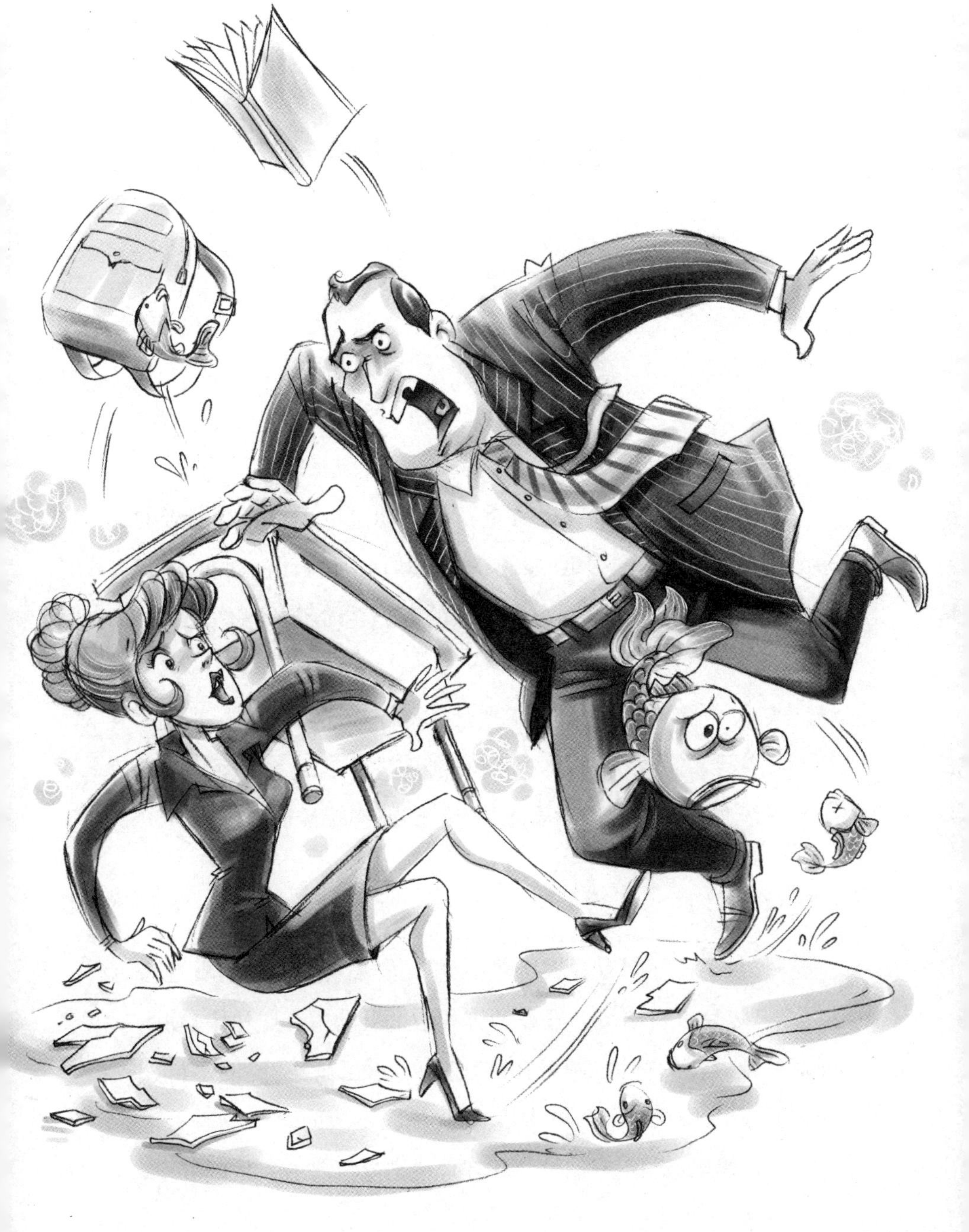

第四章 热拉德表弟

虽然已经事隔32年,要重新找到勒康也不是什么困难的事。只要翻看近期的报纸、杂志,就可以看到那张面色红润、让罗伯特深深痛恨的脸。而对这个家伙的褒奖之词还真是不少:

皮埃尔·依夫·勒康当选年度最佳厨师
法籍大厨皮埃尔·依夫·勒康登陆美利坚
皮埃尔·依夫·勒康和他的"老城堡"即将获得米其林三星
⋯⋯

"我马上让你眼冒金星还差不多!"罗伯特一边浏览着这些文章,一边自言自语道。登在杂志和报纸上的所有照片中,勒康都是一副傲慢的神情,两臂在胸前交叉,下巴高扬着,恨不得翘到天上去。他现在已经40多岁了,体形圆滚滚的。

"看,妈妈,看!"罗伯特气呼呼地说,"这可恶的家伙发胖了,不过我还是一眼就认出了他,还是原来那副恶心样!哦,哪怕是在杂志上见到他的照片,我都忍不住发抖……"

"冷静点,罗伯特,当心你的血压。而且,你把我的床弄得乱七八糟的。"

老太太现在88岁了,这几个月以来,她很少走出自己的房间。有时候,她像探险一样自己一个人走到客厅,但用不了多久,她的两条腿就开始"背叛"她,得在儿子的搀扶下,她才能重新回到床边。她已经放弃了做饭,因为实在没有力气,现在家里都是罗伯特下厨。老太太卧室的门一直都虚掩着,从厨房到卧室,从卧室到厨房,他们两个的对话就这样隔空进行着。

"我已经炒香洋葱了,妈妈,是不是现在把鸡腿放进去?"

"是的,你要把鸡腿的两面都煎成金黄色。"

"大火吗?"

"对,大火,但是也别粘了锅,你看情况要不要加点水。"

"你也吃一点儿吗,妈妈?"

"看情况吧……"

老太太现在吃得非常少,几乎每餐都只喝些蔬菜汤,然后吃几块甜饼干或者一碗苹果泥当甜点。这让罗伯特很是担心。

"别为我担心。"老太太对儿子说,"我等这一天等了那么久,绝对不会在现在这个关键时刻撒手离开的。你瞧着,我肯定会越来越精神的。罗伯特,把那些有勒康照片的杂志递给我看看。"

那些杂志的记者认为,勒康的厨艺已经超过他父亲当年的水平,他那间"老城堡"现在是在国际上都得到认可的美食餐厅。总之,他现在算是法国最好的大厨之一了。那间餐厅在郊区,开车过去要20分钟,罗伯特还从来没有去过。他决定要去打探一下,看个究竟。

这天晚上,他拿起门厅里小圆桌上的电话,拨了"老城堡"餐厅的号码。他心跳加快,紧张得不得了。

"罗伯特,打开免提,让我也能听见!"他妈妈在卧室里喊道。

在一阵短暂的音乐声后,电话那端传来一个甜美的女性的声音:"'老城堡'餐厅,晚上好。"

"晚上好,小姐,麻烦您,我想预订一个位子。"

"哪一天的?"

"嗯……今天晚上。"

"餐厅从现在到这个月底的位子都已经订满了,先生。"

"啊……好的,那我就订下个月的吧。"

他挂掉电话,又生气又羞愧。这场战斗才刚刚开始,他就已经自取其辱了。

罗伯特的妈妈低声埋怨说:"这又不是让你去高速公路边上的小饭馆吃难吃得要死的饭,人家那么大的餐厅,你心虚气短什么?!要不是我一点儿力气都没有,我肯定去帮你的忙……我真担心你会吃亏。"

一个月后,罗伯特穿着他最好的西装,胡子刮得干干净净,身上还喷了古龙香水,一个人来到了"老城堡"餐厅。他把自己那辆黄色的 2CV 停在离餐厅还有好一段距离的地方，步行穿过栽种着雪松的大片绿地。

"晚餐好吃吗？"等他 11 点钟回到家时，妈妈问。

"很贵哟！"他站在走廊上回答，"明天告诉你细节……"

然后，他吃了一片消食片，就进屋睡觉去了。

说实话，那天晚上，罗伯特的情绪坏极了，他根本就没有好好享受一家高级餐厅的舒适环境和美食，甚至根本都不记得自己吃了些什么。整个晚上，他脑子里只有一个念头从始至终围绕着他——怎么样才能最大限度地破坏皮埃尔·依夫·勒康的餐厅，又不被人发现是他干的。这家餐厅的一切都那么完美，一切都井井有条，让人甚至都难以产生去破坏和影响它运作的欲望。服务员们像是在跳芭蕾舞一般地工作着，优美、低调而有效率。他们的服务让你觉得自己很受尊敬，让你觉得自己是个十分重要的人物。美味的食物加上优雅的环境，这里的一切都把你包裹在舒适与平和中。在上完甜品后，勒康一个桌子、一个桌子地向他的客人们谦恭地问好。而作为回报，客人们不停地用各种语言送上赞美之词，其中有英语、德语，甚至还有日语。

而当勒康向罗伯特走过来的时候，罗伯特突然紧张起来：他会不会认出我？虽然我变老了，头发也快掉光了，可谁知道……

罗伯特运气很好，大厨并没有认出眼前这个人。

"晚上好，先生，您对晚餐还满意吗？"

罗伯特像个傻瓜一样含糊不清地回答："谢谢，晚餐很好……"

之后的几天里,罗伯特和妈妈绞尽脑汁想复仇的办法。罗伯特妈妈倒是不缺实施报复的点子,只是一个比一个荒唐可笑,比如在汤里下毒,在地板上擦上肥皂让服务生们摔跤,在餐厅里释放臭气等等。最后,这个88岁的老太太躺在床上一本正经地问:"你说如果我们在椅子上放些'放屁枕头'会怎么样?"

"妈妈!"罗伯特不耐烦地说。

"怎么了?"老太太反击道,"我是在帮你出主意,谁让你一句话都不说的!"

的确,他一句话都没说。一个好点子都没有。一个星期就这么过去了。直到有一天,偶然发生的一件事给他的复仇计划带来了新灵感。

这天,罗伯特的2CV发出了奇怪的轰鸣声,似乎是从车前部发动机的左边发出来的。为了不让故障变得更严重,他慢慢地开着这辆"老坦克",来到了离家几分钟路程的"广场修车店"。他的表弟热拉德是这家修车店的老板。和往常一样,首先出来迎接罗伯特的是长毛大狗布鲁,它疯狂地摇着尾巴,一下子扑到了罗伯特的胸前。这只脏兮兮的、高得像头小牛似的大狗,总是一副常年吃不饱的样子。它对你永远充满感情,用爪子撕破你的衣服,用舌头舔你的脸,用口水把你全身弄得湿透。唯一能让它走开的方法就是给它吃的,随便什么吃的都行,好一点儿的话扔点真正的食物给它,要不然,纸团、枯叶也可以。你只要对着它喊一声

"给你吃的",然后把东西扔出去,它就一定会跟着"食物"跑开。

"走开,布鲁。"罗伯特庆幸自己今天穿的是旧的工装服。他扔了些面包给大狗。

罗伯特尽量避免踩到地上水洼里的油污和那些被随处丢弃的、布满油渍的抹布。而布鲁还处在见到熟人的狂喜中,不停地用它的爪子玩弄着地上各种乱七八糟的东西,包括打开的工具箱、换下来的电池……

来到"广场修车店",在见到热拉德表弟的人之前,你一定会先听见他的声音。这个 45 岁的男人大部分时间都在骂骂咧咧,而他的嗓门儿之大,绝对超出你的想象。

"这是什么鬼东西……破烂玩意儿!"

"狗屎的破铜烂铁!"

热拉德表弟专修破旧的老爷车,这种生意其他大车行通常都不受理。他每次干活儿时,都是一边挥着榔头在车上一通狂敲,一边嘴里骂个不停。等你去店里取车时,他还会当着你的面,朝着车前盖狠狠踹上一脚,然后大叫道:"以后别再送来!我再也不想看见这堆破铜烂铁!"

这天,热拉德是从一辆车身凹凸不平的雪铁龙 BX 下钻出来的。他用满是油污的手跟罗伯特握手,大声地说:"你怎么跑来了,表哥?"

"因为我的老爷车似乎有点儿问题。"

在从修车店回家的路上,罗伯特突然就有了一个主意。他对

33

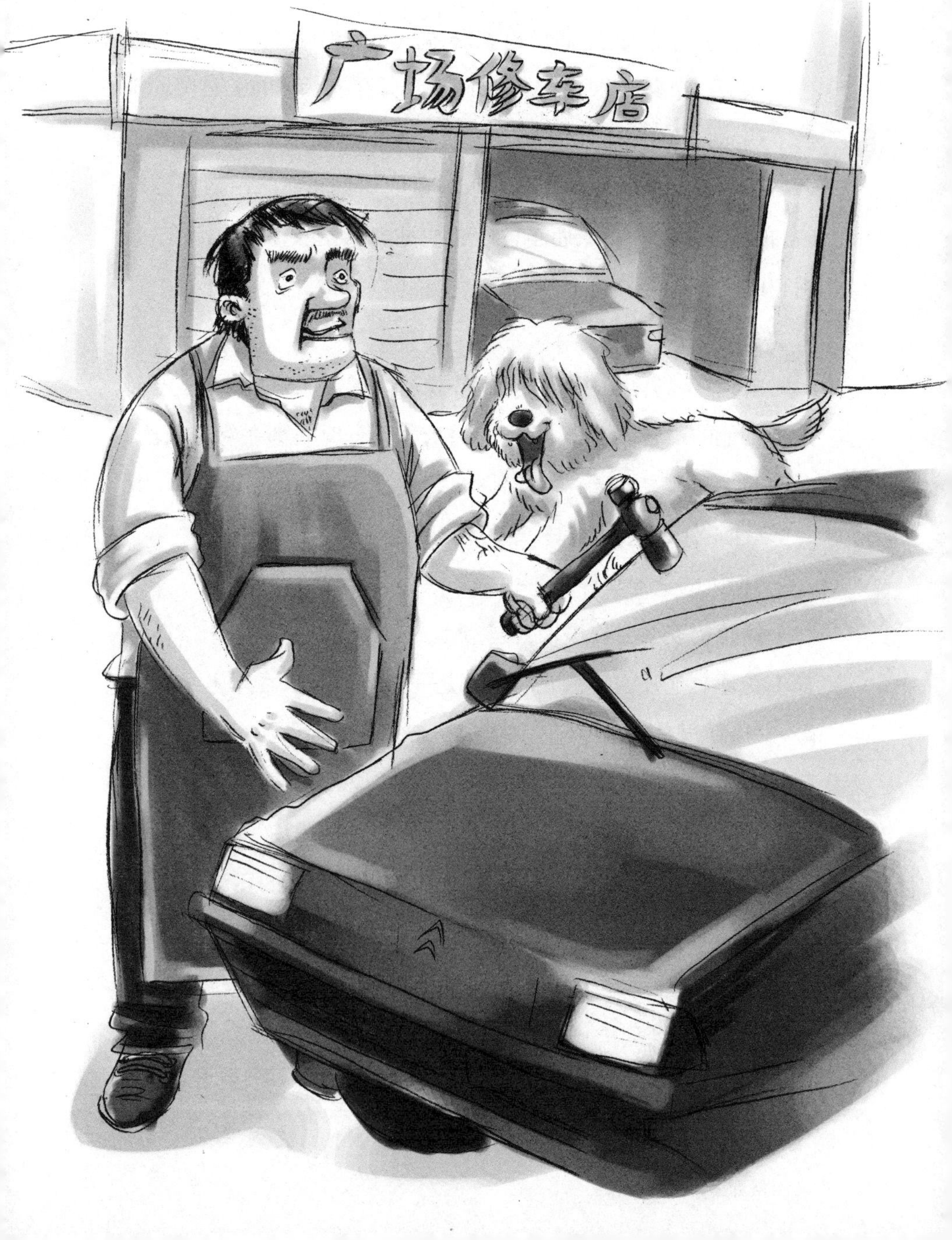
广场修车店

自己的点子很是得意,于是这一整天,他的脸上都挂着神秘的微笑,直到晚餐的时候被他的妈妈发现。

"你怎么了?"妈妈靠着两个靠垫,一边小口地喝着蔬菜汤,一边问道,"我怎么觉得你在酝酿着什么主意似的……"

"是的,妈妈,我觉得我找到'7乘9'的解决办法了……"

"什么'7乘9'?"

"你不记得了?32年前,检查员来听我课的时候,勒康当时问我7乘9等于多少。就是因为他这个问题,才引发了后面一系列的严重后果。我也要让他尝尝我的厉害!我的'7乘9'嘛,嘿嘿,就是表弟热拉德!"

"热拉德?"

"是的,妈妈!想象一下,我把表弟热拉德放到那个家伙的'老城堡'去,就相当于把猪放到玉米田,把犀牛放到瓷器店,把大猩猩放进手术室里。你想想,那该会乱成什么样子!"

"哦,我能够想象!"罗伯特的妈妈眯着眼睛,小声地说,"而且,他一定会把他的那条大狗布鲁一起带去!"

"对,对!"罗伯特兴奋得差点儿跳起来,"布鲁非一起去不可!我都没想到。妈妈,你真是太棒了!"他弯下腰去吻妈妈,因为过于激动,把托盘上的苹果泥都打翻了。

"没关系。"妈妈说,"你再去帮我盛碗苹果泥,加块小饼干。不知道为什么,我突然觉得胃口好了许多呢。"

晚餐后,他们两个一起讨论这个复仇计划。把布鲁弄到"老城堡"去的主意让两个人兴奋不已,罗伯特激动得浑身发抖,而他妈妈则好几次笑得差点儿喘不过气来。

"哦,对对对,我明白!"她边说边用手按着自己的肚子,另一只手擦着眼泪。

一个细节问题让两个人那高涨的情绪暂时缓和了下来:怎么把布鲁这只大狗弄进餐厅?围绕这个问题,他们俩从各个角度讨论了一遍又一遍。最后他们认为,这完全可以实现。

两天后,电话铃响起。电话那端是热拉德的大嗓门儿:"你的破烂车修好了,罗伯特!随便你什么时候来取。"

罗伯特迫不及待地赶到了修车店。在热拉德那积满了黑色油污、挂着15年前的老挂历的办公室里结账的时候,罗伯特若无其事地开口了:"热拉德,你为我修车很久了,我想好好谢谢你。如果你愿意的话,我想请你和莫尼卡一起到'老城堡'餐厅吃晚餐,如何?"

"'老城堡'!那不是那个叫什么皮埃尔·瑞康开的馆子吗?"

"是皮埃尔·依夫·勒康。"

"对,勒康,反正都一样。你要为我俩在这家伙开的馆子里破财?你中了彩票还是怎样?"

"我没有中彩票,就是想谢谢你。怎么样,去不去?去吧,我很高兴请你们的。"

"你要是坚持的话,行啊。我回家的时候告诉莫尼卡,她非高兴疯了不可!我俩从来不下馆子,你明白吧?哪儿都不去……"

但是热拉德立即就想到了个问题。

"那我的狗怎么办？它干什么去？你也知道它有多黏人，就是把它单独留在家里一刻钟，它都受不了。一没有人陪它，它立即就抑郁。"

"我们帮你照顾它，我和我妈妈。"

热拉德眼睛发亮地看着他表哥。这还是第一次有人主动要求照顾布鲁。

"难道你不和我们一起下馆子？"

"我不去了。"罗伯特说，"我不愿意留妈妈一个人在家。再说，你们两个单独去，也更浪漫些。"

就在这个时候，车间里发出一阵"乓乓乓乓"的巨响。他们两个立即跑进去，只见30多罐金属汽油罐被布鲁全部掀翻在地，滚得到处都是。他们两个人花了将近30分钟才把车间整理干净，全部恢复原状。之后，两人又走回办公室。

"你刚才说什么来着？"热拉德问。

"我说我们照顾布鲁。"

热拉德用他那脏兮兮的黑色指甲抓着脑袋："你……你就不怕它给你破坏点什么？它那尾巴一甩，可不好说……"

当天晚上，罗伯特就用热拉德·桑巴尔迪耶的名字在"老城堡"订了两个晚餐的位子，时间是8月27日。罗伯特翘首期待着……

第五章　第一次报复行动

　　夏天就快结束了,小学老师们都已经在为开学做准备。不过罗伯特老师对这些早就不关心了,在其他老师准备开学工作的时候,他正为那个他期待已久的夜晚精心准备着。他从当年的毕业集体照上剪下了皮埃尔·依夫·勒康的头像,贴在自己的"复仇备忘录"上。"你给我等着,小孩儿,虽然我搞不清楚数字 7 的乘法,但是我绝对知道怎么让你的麻烦翻上 12 倍!"在贴着勒康头像那页的下一页,他详尽地列出了计划的所有细节及进程:

地点锁定:完成

邀请热拉德和莫尼卡:完成

"老城堡"的座位预定:完成

向热拉德主动要求照顾布鲁:完成

在车上装铁栅栏:完成

材料准备：

小梯子：到位

望远镜：到位

雨衣（看天气情况是否需要）：到位

香槟酒（如果行动成功的话）：到位

8月27日晚上7点半，热拉德还在楼下冲着对讲机"叽哩哇啦"的时候，罗伯特已经迫不及待了。

"喂，是我！我把狗给你送来了！"热拉德说。

罗伯特立即下楼，布鲁和它的主人站在大楼门口等着他。

"你当真不后悔替我照顾它？"热拉德问。

"不后悔。"罗伯特说，"答应的事情就得做到，你们好好享受，多吃点，账单归我。"

在跟罗伯特道别后，热拉德重重地拍了下布鲁的背。

"我走了，小流氓！千万别闹事，别砸碎人家东西，听见没有？"

"当然要砸。"罗伯特在心里说，"今天晚上，布鲁砸得越多越好！"

虽然罗伯特的体重高达137公斤，但是当布鲁拼命追着热拉德想一起走的时候，罗伯特还是和所有人一样，要使出全身力气才能拉住狗的锁链。热拉德走后，罗伯特把布鲁牵到他的老爷车旁，然后把它拦腰抱起，放进后车厢的铁栅栏里。

"好了,我的大狗!我向你保证,你马上就会重新见到你的主人了。而且我还给你准备了一个特大的惊喜,现在我要带你去的地方有一堆好吃的东西!"

罗伯特飞快地跑上三楼,气都没喘匀就走进妈妈的房间。

"妈妈,一切顺利,'导弹'已经上路了,至于'核燃料'嘛,现在就在我的车里。"

"哦,罗伯特,这可是我们的第一次报复行动,我真希望它能成功!要知道,我们两个等这一天已经等很久了……"

罗伯特在家耐心等待了30分钟左右,估计热拉德和莫尼卡此时已经梳洗打扮好去"老城堡"了,于是,他走到妈妈跟前,非常温柔地吻着她的前额。

"我走了,妈妈,一会儿见。"

"祝你好运,我的孩子。"妈妈动情地望着他,"今天我的心情就跟你当年参加高考时一样激动……"

布鲁这时候已经发过疯了。它把后车厢弄得一片狼藉,还在车里小便。罗伯特发动汽车的时候,这只大狗像得了狂犬病一样,把头伸到栅栏外面狂吠不止,估计整个街区的人都听到了。

属于"老城堡"的夜晚在宜人的氛围中拉开帷幕。餐厅的玻璃窗全部敞开着,客人们坐在各自的餐桌旁,尽情享受着室外公园自然的芳香和夏末凉爽的气温。所有的位子都是事先订好的,然而这天晚上,有一位非常特殊的客人突然到访。皮埃尔·依夫·勒康当时正在厨房料理鱼,服务生悄悄走到他身边,小声说道:

"老板,美食评论家马莱耶松先生来了。他虽然刻意掩饰身份,但我还是从他那中指和食指不停敲桌子的动作认出了他,就是这个动作……"

"你确定?他坐在几号桌?"

"3号桌,靠窗,一个人。"

"他今天晚上什么打扮?"

"小胡子加圆眼镜。他刚才已经拿出个小本子在记笔记了。我们该做些什么?"

"什么也不用做。你们就当是没认出他,然后把他当普通的客人一样对待。"

"明白,老板。"

虽然勒康在服务生面前表现出一副轻松的样子,但其实他的心情相当激动。他很清楚,今天晚上将会对"老城堡"的未来起到决定性的作用。如果这个挑剔的马莱耶松欣赏今天的晚餐,那"老城堡"就能得到令人艳羡的"米其林三星",而如果他对勒康的餐厅失望,那就得再等一年。勒康深深吸了口气,拍了拍手,对大家说:"大家听见了,今天晚上有特殊客人。所有人都要加油,请不要出任何差错!"

"明白,老板!"所有厨师、服务生、调酒师一齐回答。

就在这个时候,热拉德和他的妻子莫尼卡被一位美丽的前台小姐引领着走进餐厅。热拉德系了条酒红色的领带,掖在他那件还是结婚时候买的旧西装里。莫尼卡穿了条印花紧身裙,身上的香水味熏得人头晕。他和莫尼卡刚一走进餐厅,立即引来其他客人的注目,那眼神好像是在说:"晚上好,乡巴佬儿!"

他们两个坐在4号桌,紧挨着马莱耶松。刚坐下,热拉德就从西装右面口袋里掏出一个小小的火柴盒,放在餐盘边上。

"这是什么?"莫尼卡问,"你的打火机呢?"

"你别管!"热拉德朝她挤了下眼睛,"你看我怎么想办法替罗伯特省钱,嘿嘿。"

邻桌的马莱耶松瞪了他俩一眼,又继续研究他的菜单。

而在距餐馆50米远的地方,罗伯特骑坐在一棵雪松的矮树枝上,透过手中的望远镜,始终注视着前方的"老城堡"。在这个位置上,他可以毫不费力地把餐厅的大厅和厨房都看得一清二楚。

再远一点儿的停车场里停着罗伯特的2CV。车里的布鲁也许是猜到了自己的主人就在附近,所以一边狂叫,一边拼命地上蹿下跳,把车摇晃得前后颠簸。

8点15分,既然所有的演员都到位了,那么演出也该开始了。

莫尼卡坐下没多久,就觉得有方便的需要,于是她把头转向旁边的马莱耶松,大声地说:"不好意思,先生,您知道厕所在哪里吗?"

"不知道!"著名的美食评论家眼皮都不抬地说。

马莱耶松的"手指舞蹈"越跳越急躁,从两个指头变成所有的指头一起敲击着桌子。

"您真客气！"莫尼卡生气地说，"没有您，我一样能找到。"

"就是！"热拉德在一旁说，"想去厕所的时候还真非去不可！"

他一边说，一边雷鸣般地大笑，把一对专门从波士顿飞来的美国夫妇吓得跳了起来。

莫尼卡穿过大厅的时候，空气中到处都是她身上那熏人的香水味道。等到从洗手间回来，她发现热拉德居然不见了。她站在大厅中央，双手叉腰地大喊道："那头蠢驴跑哪儿去了？"

没有一个人回答她。于是，她转身问后面一张餐桌边的客人。那是四个日本商人。

"我说，你们有没有看见一个男人？"

这个时候，服务生赶紧过来向她解释，说她的先生到吸烟区去抽烟了。

"他怎么不跟我说，这个蠢货！"莫尼卡突然大发雷霆，"我回来就不见人影！真让人扫兴……"

热拉德回来后，两人立即就讲和了。他们点了皇家鸡尾酒当开胃酒，热拉德一饮而尽，并评论道："爽呆了！"

然后便轮到他去参观洗手间，因为莫尼卡对他说："这家的厕所很干净。"

坐在旁边的马莱耶松显然已经忍无可忍了。他点了"小牛肉配松露汁"作为前菜，刚点完，他就怒气冲冲地在自己的本子上写下一堆评论。

大厅的情况马上传到了皮埃尔·依夫·勒康的耳朵里。大家告诉他,有两个野蛮没教养的人正在搅扰马莱耶松的晚餐。勒康要求服务生尽最大可能,想办法让这两个乡下人安静些。他想,必要的时候,他也会亲自出面。勒康让服务生及时向他汇报各种情况。但这个可怜的家伙还不知道,就在此刻,那个无可救药的热拉德正从火柴盒里弄出一只死苍蝇,悄悄放进了莫尼卡那盘美味的茴香柠檬汤里。

"别出声,亲爱的。"

"搞什么,恶心死了!"

"恶心归恶心,等下付账的时候就不由他们说了算了!你就等着看好戏吧……服务生!服务生!"

服务生在一秒钟内就跑了过来。

"先生需要点什么?"

"你告诉我,年轻人,是我眼睛不好呢,还是的确有只苍蝇在莫尼卡的汤里?"

服务生弯下腰,脸色顿时变得惨白。

"哦,天哪!"

热拉德用自己的刀把苍蝇捞出来,高高地举起。

"女士们,先生们,你们说这能吃吗?这是肉还是什么?"

"是我弄错了,先生,我立即给您换盘子。"

"别!"热拉德拦住他,"去把你们老板找来。我要见瑞康先

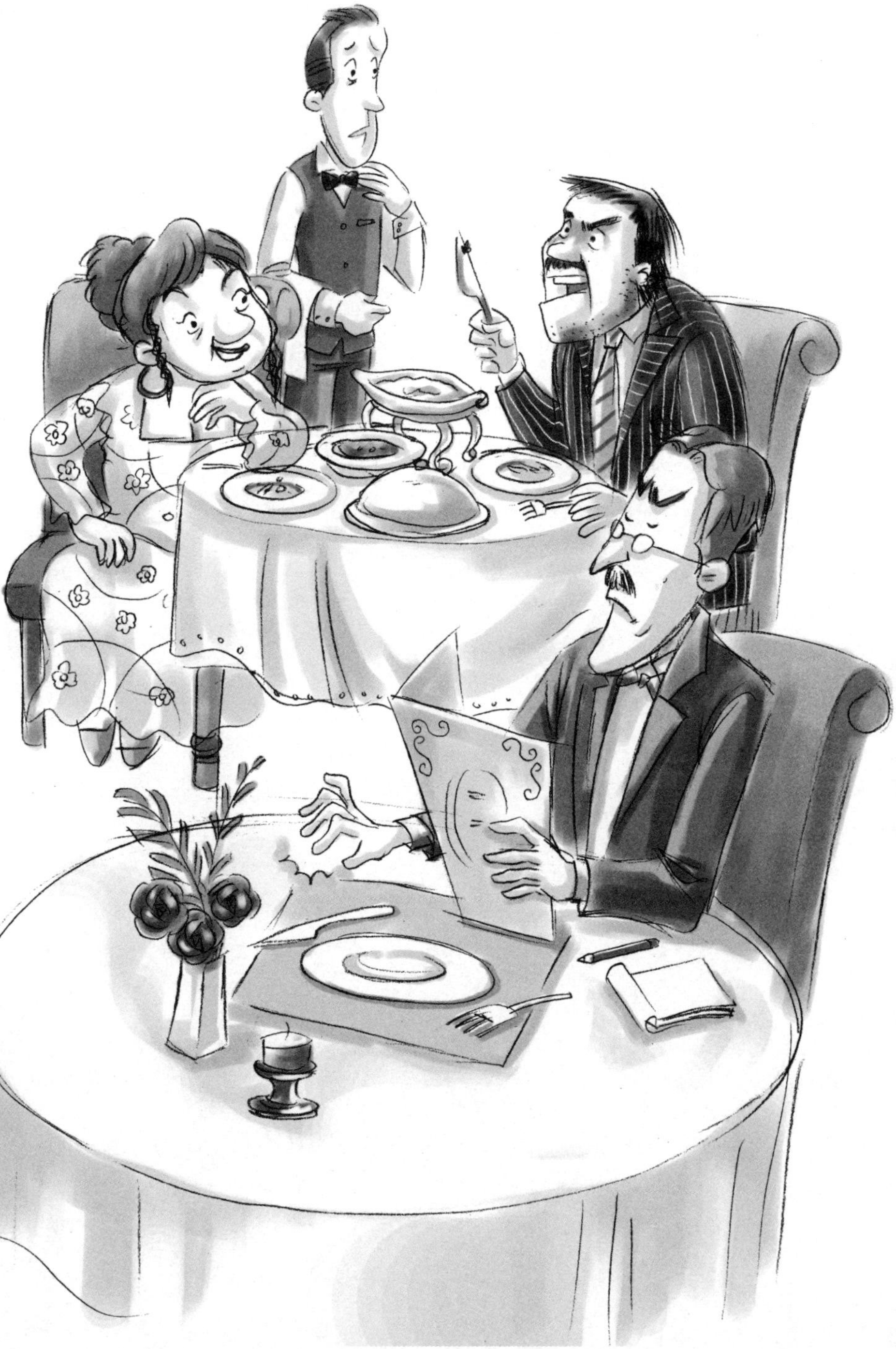

生！"

"是勒康先生。他通常在上完甜点之后出来……"

"我现在就要见他！有什么问题？"

"我去找他……"

"这才像话，快点快点！"

第六章　布鲁事件

一直坐在树上观察的罗伯特判断,"老城堡"里肯定出了什么事。当他看到皮埃尔·依夫·勒康亲自从厨房出来见他表弟的时候,他决定立刻实施计划的第二步。罗伯特猛地从树上跳下来,飞快地朝他的老爷车跑过去。后车厢里的布鲁跟个疯子一样,把车摇得前后直晃。罗伯特刚一把它放出来,它就本能地朝着餐厅的方向,朝着那些开着的窗户跑了过去。

"快,布鲁!"罗伯特喊道,"快!快跑进去,爱吃什么就吃什么,爱砸什么就砸什么,里面所有的东西你都可以弄脏!替我报仇!"

此时此刻,他想到妈妈正在卧室耐心地等着他,想到木头相框里可怜的爸爸,想到这37年来他受的罪,想到检查员来听课的那一天,勒康脸上那个令人难以忍受的、嘲讽的微笑……

"加油,布鲁!统统砸光!替我报仇!"

罗伯特津津有味地想象着接下来可能发生的一切,而布鲁的表现绝对超出了他的预期。当跑到玻璃窗外时,这只巨大的狗猛然朝里面一跃,罗伯特在同一时间飞快地再次爬到树上,可惜,他的动作终归还是慢了一步,这让他错过了布鲁在"老城堡"历史性的"登陆"时刻。以下就是罗伯特错过的所有精彩场面:

马莱耶松实在无法忍受热拉德和他的妻子,于是决定对发生在他右边的一切都视而不见。他可不想因为这两个无药可救的野蛮人而糟蹋了自己美好的晚餐。他尝试着全心投入他的美食鉴赏工作中,比如,眼下的这道"香煎羊鱼",如果沙司能更加……怎么说呢,口味更加大胆一点儿,也许就可以稍微……嗯,在沙司里加些许苦味,味道说不定更突出……就在他沉浸于自己的思考中时,一条重达60公斤的、巨大无比的长毛狗突然出现在了他的盘子上方!布鲁将整个发臭的身体都压在美食家的桌子上,盘子、刀叉、水杯、面包以及"香煎羊鱼"似乎顷刻之间都被它的大肚子碾成了粉末。而布鲁的好戏才刚刚开场而已。它从桌子上站立起来,马莱耶松只有目瞪口呆的份儿。而布鲁随即狂喜起来,因为它发现自己那可爱的主人就坐在邻桌。它冲到热拉德身边,充满爱意地小声吠叫着,然后一边流着口水,一边把热拉德从上舔到下,又从下舔到上。不过,那个站在主人边上、头上戴了个滑稽的白色管子的人是谁?他一定是惹主人不高兴了!让我给你点颜色瞧瞧!布鲁追着勒康一路狂跑,一口咬住勒康左边的屁股,把他的裤子扯了个稀巴烂,露出一大片白白的臀部。勒康只能连滚带爬地逃到厨房去躲着。这一个就算教训完了,剩下的那些人看上去还挺友好的,而且,他们看起来还都很高兴,全部叫嚷着爬上了桌子。布鲁决定挨个儿问候他们,或是用大舌头舔一下,或是用尾巴敲一下,或是用爪子拍上一拍,当然,也不能漏了那些躲在桌子底下的。有些人试图逃跑,也许是为了让游戏更好玩儿?布鲁准备跑到餐厅门口堵住他们,必要的时候向他们展示一下自己的牙齿。布鲁觉得这个游戏着实有趣。忽然,它听到一个尖尖的女声在对它喊:"停下,布鲁!坐好!脏东西!"原来是莫尼卡。热拉德也扯着嗓子喊:"停下!停下,蠢狗!"布鲁当然意识不到问题的严重性,它觉得他们就是在跟它玩呢。

坐在树枝上拿望远镜观察着动静的罗伯特简直不敢相信自己的眼睛!

"太棒了,布鲁!太棒了,继续!"

罗伯特在心里暗暗起誓,他一定要去城里最好的肉铺,给布鲁买最好的肋排犒劳它。当然,这得暗地里进行,可不能让别人知道了。

那对特地从波士顿飞来的美国夫妇吓得爬到了奶酪车上,紧紧地抱在一起。这一刻真是见证了他们忠贞不渝的爱情。为了感谢他们远道而来,布鲁把那位先生的脚踝舔了个够。而有位胖女士实在害怕布鲁的口水,于是爬到了巨大的吊灯上。结果,吊灯承受不了如此的重量,"哗啦啦"地全部砸在了那几个日本客人的餐桌上。一起带下来的,还有大约50公斤重的石膏板。

"哇!"罗伯特叫了出来。

这个时候,所有人都惊慌失措地用各种语言喊着"救命"。

"Help!"美国人和英国人喊。

"Hilfe!"德国人喊。

"Ayuda!"一个西班牙籍的服务生喊。

"布鲁,站好不许动!"热拉德和莫尼卡喊。

"汪,汪,汪!"布鲁愉快地回应着。

只有那些日本人,因为被吊灯和石膏板压在下面,什么都喊不出来。

布鲁把甜品车中间摆着的那盆仙人掌撞翻的时候,突然意识到,这个地方有很多好吃的东西,盘子里有一些,桌子上有不少,不过最多的是在地板上!布鲁可不管菜单上什么头盘、主菜、甜品的顺序,只要看上去能吃的,它全部都吞进嘴里,大嚼大咽起来。于是,布鲁接连吃下了:

三份醋栗蛋奶酥,

两大盘香煎鳕鱼,

一个带盒子的小型照相机,

整整四锅的猪腰、鲲鱼配西兰花,

一只鳄鱼皮的手袋,

四只松露脆乳鸽配鹅肝,

一份阿拉伯辣酱腌小羊肉(两人份的),

一块服务员扔掉的抹布,

三只番茄螯虾。

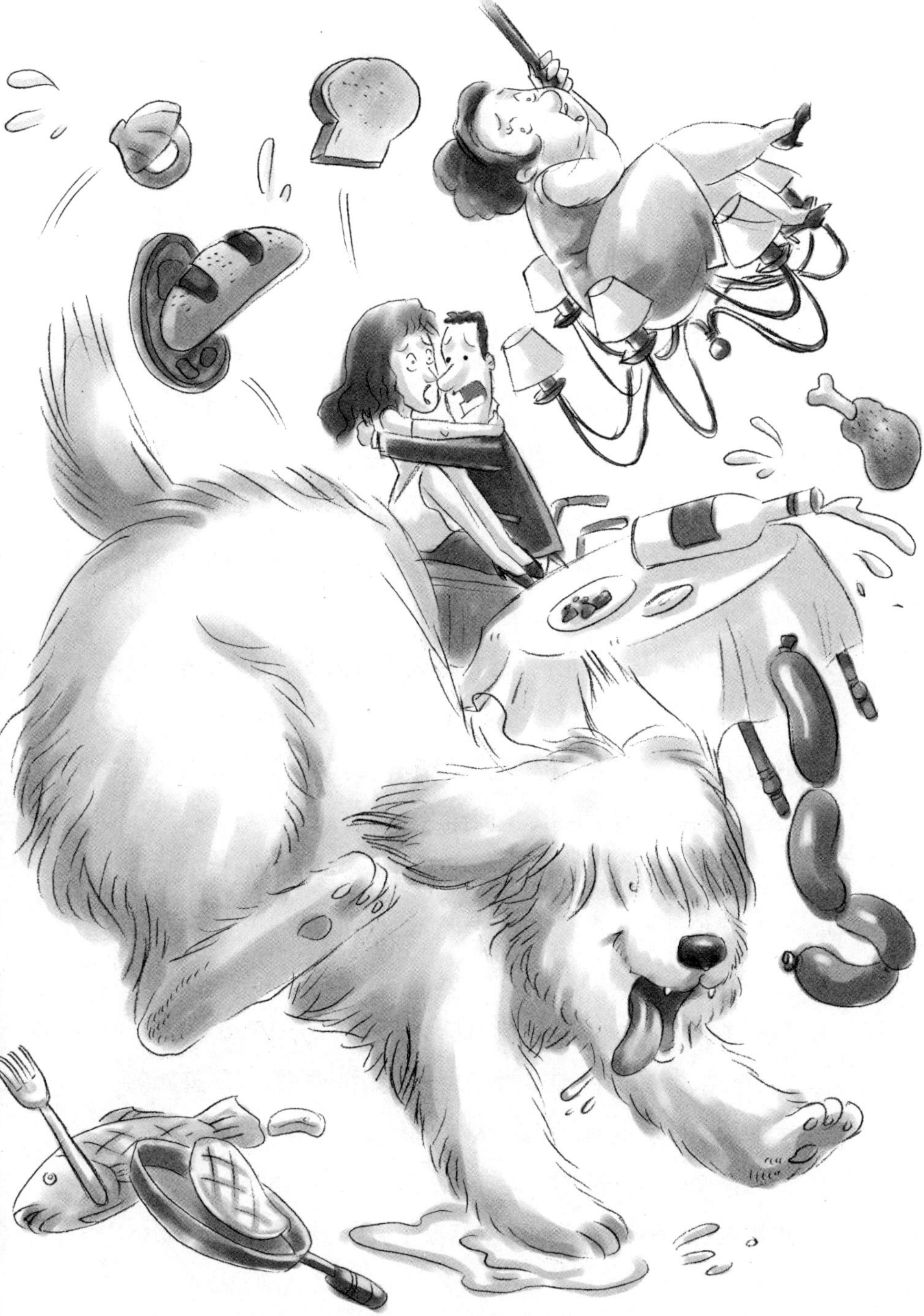

当消防员赶到的时候,布鲁正忙着攻击一块红椒牛肉和一份杏仁吐司。打电话给消防队的是一位前台的女服务生。

"请赶快来!有一只疯狗正在捣毁餐厅!是的,在'老城堡'!请无论如何快点来,这只狗大得不可思议!"

年轻的消防员手里拿着步枪式皮下注射器,非常小心地推开了餐厅的门。他可不敢大意,电话里的小姐说是一只疯狗,而且体形庞大,为此他准备的安眠药剂量是专门用于大型哺乳动物的,比如成年的河马和犀牛。消防员一看到布鲁靠在窗边的身躯,就立即进入射击准备状态。谁知道,这畜生在开枪的那一瞬间猛地跳到了一边,结果,那一枪打到了马莱耶松的左肩上。美食评论家随即倒地,他以为自己就这么死过去了。接着,消防员分别让一位调酒师、两位服务生和一只在苹果酒里煮着的大龙虾昏睡过去。一直到第六枪,他才终于击中了布鲁。大狗低叫了几声,随即躺在主人的身边,几秒钟之后就打起了呼噜,睡着了。整个大厅一片死寂,只能听到奶油一滴一滴掉落在地板上的声音。热拉德第一个出声:"对不起……这是我的狗……它叫布鲁……它没有恶意的……"

现在来看一下这个"迷人"的夜晚的成果:

"老城堡"餐厅因内部整修停止对外营业两周,需要整修的包括天花板、墙纸、地面、桌椅、餐具……

四位员工因"心理创伤"而获得休假。

皮埃尔·依夫·勒康先生在事后挨了两针,一针是狂犬病疫苗,还有一针用来预防破伤风。这年秋天的时候,他还患上了轻度的抑郁症,常常一个人自言自语"我不如我父亲,我真的不如我父亲"……

多米尼克·马莱耶松,美食评论家,足足睡了五天五夜。他在9月1日下午1点左右醒过来时,说出的第一句话是"麻烦您,能不能帮我结账"。

大狗布鲁在睡了八个钟头之后也醒了过来,心情特别好。它刚一醒来就直接朝自己的饭盆走过去,因为它又饿了。

而8月27日当晚,当罗伯特回到家时,妈妈穿着睡衣在厨房里等他。

"妈妈,你怎么起来了?"

"哦,罗伯特,我在床上等得实在不耐烦了。怎么样?快告诉我!"

罗伯特情绪高涨得简直就像个孩子,他前言不搭后语地向妈妈叙述着当天晚上坐在大树上看到的一切。讲着讲着,他常常忍不住回头复述之前最精彩的内容:"我向你发誓,妈妈,那个胖女人当时真的吊在吊灯上!勒康是连滚带爬地逃进厨房的!"

妈妈笑得眼泪都流出来了,不停地发出"啊""哦"的感叹,还常常追问其中一些细节:"你可别告诉我,它还在人身上小便了呀!"

"何止这些,妈妈……"

罗伯特全部叙述完后,从冰箱里拿出事先准备好的香槟酒,和妈妈分别喝了两大杯。而罗伯特妈妈在喝完香槟后,居然说自己肚子饿了。她那天晚上吃了一大块面包配肉酱。她已经有两年没一口气吃下那么多东西了。

第二天,罗伯特向他的表弟解释布鲁为什么会出现在"老城堡"。

"它自己逃跑了,我真抱歉。"

"没关系。"热拉德说,"它在那儿美美地吃了一顿,我和莫尼卡也是。而且,布鲁还给他们餐厅增添了不少气氛……你真想象不出那些家伙昨天晚上的样子……"

所有的报纸、电台和电视台都报道了这次的"布鲁事件",有的媒体说这是只疯狗,有的媒体认为布鲁是少有的聪明英勇的狗。不过,所有评论都认为,"布鲁事件"对勒康餐厅的打击不小。罗伯特自然剪下各种报纸上的评论,贴在了他的复仇备忘录里。

9月初,罗伯特在充分享受过胜利的喜悦后,在皮埃尔·依夫·勒康的照片上画了一个大叉,再用红色笔写下了一行大字:

1999 年 8 月 27 日报复成功。结案。

随后,他重重叹了口气。从现在开始,要进入下一个复仇计划了。罗伯特一想到这儿,胸口就为之一紧,他怎么可能忘记 21 年前的 6 月,自己所经历的那场噩梦呢?

第七章　一次计划周密的陷害

1978年6月,学期快要结束的时候,天气格外炎热,小孩儿们于是养成了一个习惯,他们把从家里带来的塑料水瓶装满水,在课间休息的时候玩打水仗的游戏。老师也不阻止小孩儿们玩这个游戏,反正他们被弄湿的衣服在太阳的炙烤下,用不了多一会儿就会被晒干了。老师们的身上也时常会溅到水,不过他们对此并不反感。和往常一样,最常被水浇到的还是罗伯特。他表面上表现得和其他老师一样,只是笑笑,其实心里恨透了这帮小孩儿把自己浇成落汤鸡。

自打5月份起,罗伯特是越来越管不住这帮四年级的"小跳蚤"了。每天下午四点半,下课铃声一响,他们就像几十支箭一般冲出教室,恨不得直接从楼梯上飞下去,嘴里大喊大叫着,表达着放学的喜悦。"又一天结束了。"罗伯特坐在自己的办公桌后,长长地舒了口气。他终于可以在安静的教室里完成剩下的工作了。每天下班回家前,罗伯特都会雷打不动完成这些事情:

1. 把被那些"小跳蚤"弄得乱七八糟的桌子和椅子都扶起来

2. 擦黑板

3. 把壁橱关好

4. 拉上窗帘

5. 离开教室的时候关门上锁

6. 检查卫生间

1978年6月15日这天,前五项程序都和平时一样照常进行。直到第六项……

四年级学生专用的卫生间在教室对面,走廊的最深处。厕所是那种土耳其蹲式的,用来冲水的是个木头把手,通过一根细长的绳子连接着水箱。抽水的时候要特别当心,不然会把水溅到两只脚上。

和平时一样,罗伯特发现小孩儿们没有把厕所冲干净,于是,他用手握住木头把手,用力向下按去。

就在下一刻,罗伯特感觉自己像是突然被人推下了游泳池一般,脑袋整个没进了冷水里。那是一种缺乏氧气、呼吸困难的窒息感,水从你的眼睛、耳朵、鼻子里侵入,你好像身处一个陌生的世界,周围的声音听上去都显得那么奇怪。这就是罗伯特在这几秒钟内所感受到的。是的,他刚刚经历了一场"暴雨",他被这"暴雨"从头到脚浇了个透。他本能地发出一声大喊,人不由自主地往后退。这时,一个蓝色的塑料脸盆掉在了他的脚边。罗伯特顿时醒悟,刚才的"暴雨"根本不是什么水管故障,而是有人设下陷阱要害他!

"全部都是'小垃圾'!又脏又臭、无药可救的'小垃圾'!"

接下来怎么办?要赶紧先藏起来,不能让人看见。这个时候,清洁工很有可能会经过,或者某个同事……罗伯特的第一反应是拿起这帮小孩儿的"犯罪工具"——那个蓝色的脸盆,然后眼观六路、耳听八方地迅速跑回教室。跑进教室后,他不停地踱着方步,试图厘清自己混乱无比的思路。几分钟后,罗伯特又恢复了思考能力。

这样浑身湿透的我能走出学校吗?不可能。

我有没有可以换的干净衣服?没有。

有没有谁能给我送套干净衣服来?有。

谁呢?妈妈。

会不会有人看见她呢?一定会的。

身上的衣服要多久才会干?至少六个钟头。

如果我把衣服脱下来,会不会干得快些?

虽然罗伯特此时是一个人在教室里,但脱衣服的这个念头还是让他感到有些尴尬。他先是把衬衫脱下来,放到脸盆里,用尽最大力气把水拧干,然后打量着教室的各个角落,看有没有地方能把衬衫晾起来。教室后方的墙中间拉着一根绳子,平时是用来挂小孩儿们的剪贴画和油画的。犹豫了一下之后,罗伯特决定把他的衬衫挂到那根绳子上去。

把长裤脱下来的时候,罗伯特的脸都红了。拧干水以后,他把长裤也挂到了那根绳子上。接下来是袜子和内衣。

在意识到自己全身上下只剩下一条短裤,且就站在他上课的教室里时,罗伯特突然有些惊慌失措了。他差点儿把湿衣服重新穿上身,然后夺门而出。不过,他再一想:既然水也拧干了,衣服也晾好了,那不如就再耐心等一会儿吧。

于是,他坐回自己的办公桌前,烦躁地等待着。他身上的水几乎已经干了,他看着自己白色的大肚子,觉得很是肥硕。他得重新开始运动了,快走或者是骑自行车都行。如果他不是像现在这么胖的话,说不定已经结婚了,不过结婚也就意味着离开冈贝塔大街的公寓,离开妈妈……他任由思绪游荡着,这样就可以忘记自己正光着身子坐在教室里。空气很凉爽,他把头低下来,渐渐地睡着了。

当罗伯特再次睁开眼睛的时候,他不知道自己是不是在做梦,因为他看到自己的一只袜子正在空中飘动!他惊讶地瞪着那只袜子,它来回摇晃着,似乎是在嘲笑罗伯特,然后突然就消失在了天花板里。罗伯特猛地跳起来,却眼睁睁地看着打开的天花板"哐啷"一声,又合上了。这个时候,他意识到,悲剧再度发生了。他的另一只袜子、衬衫、长裤,连同内衣,统统"飞"进了天花板里——那根绳子上什么都没有了。

他拿起一把长扫帚,用力敲着天花板,大声喊道:"把衣服还给我!你们听见没有,把衣服都还给我!"

回答他的,是一阵笑声、脚踩在楼上地板发出的"咚咚"声,

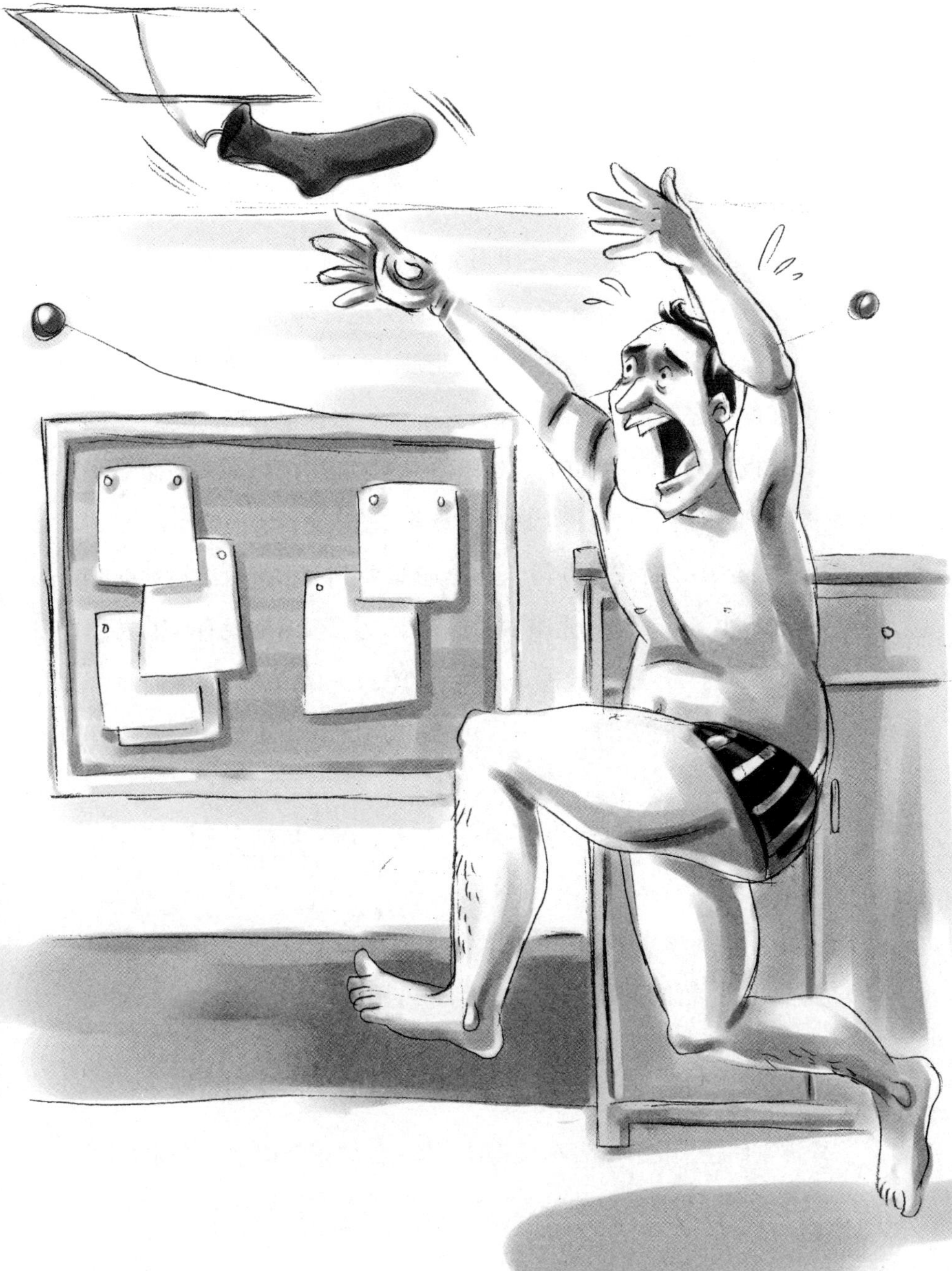

还有随后在走廊里响起的疾跑声。"犯罪分子"们就这么带着他的衣服逃跑了。

"站住！"他扯着嗓子喊。

罗伯特绝望地站在教室里。15年的教学生涯中，他什么攻击都遭受过了，但是还从来没有遭遇过今天这种局面。

目前仅存的希望是：这帮小孩儿是不是只想吓吓他？他们会不会在逃走之前把衣服留下来？他推来一张课桌，踩在上面，掀起天花板上的翻板活动门。教室上面的这间房间是用来当储藏室的，里面堆满了积着灰尘的教学课本、复印文件和装着草稿纸的纸盒。他用手臂支撑着爬了上去，立即看到一根绑着细绳的棍子和这帮小孩儿用来钩走他衣服的钩子。但是，这里没有他的衣服，既没有衬衫也没有长裤。这帮小流氓唯一留下的，是他们写在一块旧白板上的留言：

祝您度过一个非常愉快的夜晚，亲爱的罗伯特先生！

他们用尽一切方法嘲笑他！他一步步掉入这些"小跳蚤"的陷阱！他跟着他们设计好的"线路图"走——厕所、教室、挂油画的绳子，最后到储藏室……一步都不落。他简直就是个超级大笨蛋！

罗伯特重新爬回教室，气得浑身发抖。"祝您度过一个非常愉快的夜晚，亲爱的罗伯特先生！"这些小王八蛋居然算计要让他在这里过夜?啊!啊!啊!绝对不可能!他向电话走了过去。

电话铃响了十几声,罗伯特的妈妈却没有接。"妈妈,你上哪儿去了?通常你都会很快接电话的……"她也许是去买东西了,罗伯特决定等一会儿再打。接下来的一个钟头,他每隔十分钟就往家里打一次电话,可依然没人接听。"老天爷,她在搞什么?!"将近6点的时候,罗伯特决定打电话给电话局。

"的确如此。"对方平静地回答,"您所在的区域出现了线路故障。"

"怎么可能!"罗伯特急得喊了起来,"我在这个区住了37年,从来没有出现过电话线路故障!"

"请您放心,先生,线路马上就会恢复正常的。"

"'马上'是多久?"

"到明天早上。"

罗伯特把电话挂掉后,一屁股坐在椅子上,呻吟着说:"这个世界上还有没有比我更倒霉的人?"

他现在只能耐心等待天黑,等待夜幕降临,他也许可以偷偷地溜出学校而不被人发现。

时间真是漫长无比。他在教室里不停地来回走,翻翻杂志,读读图书角的小说。这个时候还没回家,妈妈一定担心得不得了。不知道她准备了什么当晚餐?核桃橄榄油沙拉当头盘?白酒炖小牛肉当主菜?他好像顿时就听到了牛肉在锅里"咕嘟咕嘟"炖煮的声音。8点的时候,他的肚子饿了。

当城里教堂的钟敲响 11 下的时候,罗伯特觉得是时候行动了。他拿起公文包,快步走下楼梯。这个时候,他的短裤倒是已经干透了。下到一楼后,他在拐角处转弯,接着往行政办公室的走廊前行。他走过教师休息室、医务室、校长办公室,穿过小门厅,来到教职工出入口。跟他预料的一样,门被锁上了。于是他立刻朝另一扇通往操场的门走去,从那里出去,绕过教学楼,就可以到达他停车的地方。结果,那扇门也被锁上了⋯⋯而除了这两扇门,就再没有任何通往外面的出口了。"哦,天哪!"现在,他只能尝试着进入任何一间房间,然后经由房间的窗户爬出去。他先试校长办公室,门锁着;医务室,门也锁着;教师休息室,锁着。他尝试了一楼的所有房间,门都是锁着的。

第八章　噩梦般的上午

他重新走上二楼,安静地沉思着。这个时候的罗伯特就像是一个肥硕而疲倦的幽灵,遗失了自己的幽灵服。回到教室后,他在黑暗中久久地坐着。

有没有可能既不用从二楼跳下去,又可以走出这个学校?没有。

有没有人能帮我?没有。

我现在还能干什么?什么都不能干。

明天早上会是什么样子?一场灾难……

他还是睡了一会儿的,像只狗一样蜷缩在书桌下,把公文包当枕头用。凌晨三点时,罗伯特无论如何都睡不着了,肚子饿得"咕咕"叫。他此时能一口气吞下四杯牛奶和十几个黄油牛角面包。黎明时分,他强迫自己再耐心地等待两个小时。两个小时后,他疲惫不堪地爬起来,拿着公文包,下到一楼。此时是早上 7 点 35 分,他小心谨慎地慢慢往前走。要知道,从这一刻开始,谁都有可能撞见他。走到走廊拐角处时,他小心地藏到墙壁的凹陷处,连喘气都不敢大声。"要是一切正常,女清洁工妮可会在十分钟后到。她会从教职工专用的那扇门进来。我就待在这里不动,等她一转身,我就跑出去。"

时间一分一秒地过去,终于到了 7 点 45 分,他听见钥匙开锁的声音。罗伯特后退了一步,屏住呼吸。成败就在此一举了!他听见清洁工走过来又走过去,先是打开水龙头,接着打开办公室的门,然后又在壁橱里找扫帚。跟着,一阵寂静后,她突然就出现在走廊的拐角处,离他只有不到 50 米的距离。罗伯特把身体紧紧地贴在墙上。"她如果看见我一定会尖叫!"而清洁工居然奇迹般地没发现罗伯特。她慢慢地又走开了,不时地用抹布擦楼梯的扶手。

罗伯特长长地吐了口气,刚才真是他这辈子最惊险的一刻。现在,逃出去的障碍总算是被扫清了。就在他飞快地往门口跑过去的时候,天哪,门又被打开了!之前放扫帚的小壁橱是唯一的藏身之处,他连忙钻了进去。

这个小壁橱长不超过 1.2 米,没有窗户,甚至连气窗都没有。"这地方是个陷阱。"他心想,"我把自己藏进了一个恐怖无比的陷阱……"在他发热的头脑中,各种各样的念头缠绕在一起:学校里的人会在这里发现穿着短裤的他!他们会把他抓起来!他说不定会因此而蹲监狱!罗伯特听到外面的走廊里已经开始人来人往。再过几分钟,学校里的人会越来越多,这也就意味着他算是彻底被关在这个陷阱里出不去了。罗伯特感觉到自己背上大汗淋漓。

8点钟时,壁橱隔板另一边的教师休息室里开始热闹起来。他能听到同事们愉快地互相问候,开着玩笑,还能听到那熟悉的咖啡机的声音。8点20分时,教师休息室那头儿传来另外一位四年级老师马蒂尼先生的声音:"罗伯特不在这里吗?"

"我在这里!"罗伯特咬着牙在心里说,"我倒是希望自己能在其他什么地方!"

8点22分,通向操场的大门被打开,学生们陆续走进教学楼。罗伯特的同事们也纷纷离开教师休息室。罗伯特紧贴着壁橱的门,离走廊上那些来来往往的老师只有几厘米的距离。

"你们没有人见到罗伯特吗?"五年级的一位女老师问。

"没有。"

"以他的身材,要躲起来可不是件容易的事呀!"有人开玩笑说。

老师们的笑声逐渐远去,接着是大家上下楼梯的声音,各年级的老师纷纷走进自己教的班级,小孩儿们当然也是一如既往地喧闹。只有罗伯特的班级里没有老师。8点40分,校长女士走进他的班级,对25个小孩儿说:"罗伯特老师今天缺席了。我会把你们分到其他四年级的班级上课。"

"哇!"其中的十几个小孩儿高兴得大喊。

"安静!"校长严肃地说。

放扫帚的壁橱里,罗伯特把头靠在木头门上:"他们果真讨厌我到这个地步……"8点42分,整座学校都安静了下来。现在他该怎么办呢?

罗伯特一边觉得毫无希望,一边又冒出了一个新主意。他觉得,既然事情已经到了这一步,与其像只兔子一样地被别人逮到,不如豁出去,看看有没有什么其他的机会。他想,校长办公室的窗户就朝着停车场,要是他能想办法进去,再从窗口爬出去,沿着篱笆走过草坪,然后在众多汽车里找到自己那辆2CV,那自己不就算得救了?最好是在大课间休息之前行动!他非常小心地把壁橱门打开,紧张得心都快跳出来了。在确定走廊里空无一人后,罗伯特碎步疾走到一扇门前,门上写着:玛特冯女士,校长。

玛特冯女士大概四十多岁,是个威严且精力充沛的女人。

罗伯特自己给自己打气:"加油,罗伯特!这事情总得有个完,加油!"

他先是轻轻地在门上敲了三下,没有人应答。接着,他又敲得更用力了些,还是一片静默……于是,罗伯特推开门走了进去。办公室里一个人也没有,窗户半开着。他立即跑到窗边,把窗户整个打开,然后一眼就望到了停车场上自己那辆2CV。他的小汽车好像正在召唤他:"快来,罗伯特!我带你离开这里!"罗伯特一分钟也没浪费,立即跨出窗台,弯着身子沿着篱笆快跑。他边跑边暗骂自己这高大肥硕的身体,就是隔着几十米远也可能被人看见。于是,他肚子贴着草地,像那些突击士兵一样地匍匐前行。"千万别被人看见……"他喃喃地说,"如果被人看见,我的教学生涯就算是完了……"结果,就在他快要爬到汽车边上的时候,他突然意识到:车钥匙!车钥匙在公文包里!公文包在放扫帚的壁橱里!哦,天哪!他只能再蜷缩着身体原路返回。当他重新翻过窗台,再次进到校长办公室的时候,他自己都觉得自己很可怜。"快!赶紧去壁橱里把包拿回来!"他对自己说。可就在他握住门把手准备开门的时候,门却被人从外面打开了,有人走了进来。

"他是和他的母亲生活在一起吗?"

说话人的声音罗伯特并不熟悉,很有可能是警察。

"是的,请进。"校长回答说。

罗伯特像疯了一样一头钻进办公室的金属柜里,猛地把门关上,用吃奶的力气抓着柜子里的把手,防止校长和警察从外面打开柜门。他紧张得浑身都在发抖。

警察和校长坐了下来。

校长:"罗伯特先生是和他的母亲生活在一起,他母亲年纪非常大了。"

警察甲:"今天早上是他的母亲向我们报的案。老人家一晚上都没睡,非常担心罗伯特先生。"

罗伯特(在柜子里):"哦,妈妈,对不起,妈妈。"

警察乙:"罗伯特先生单身,但是,他会不会……怎么说呢,比如说在某个女朋友家里过夜?"

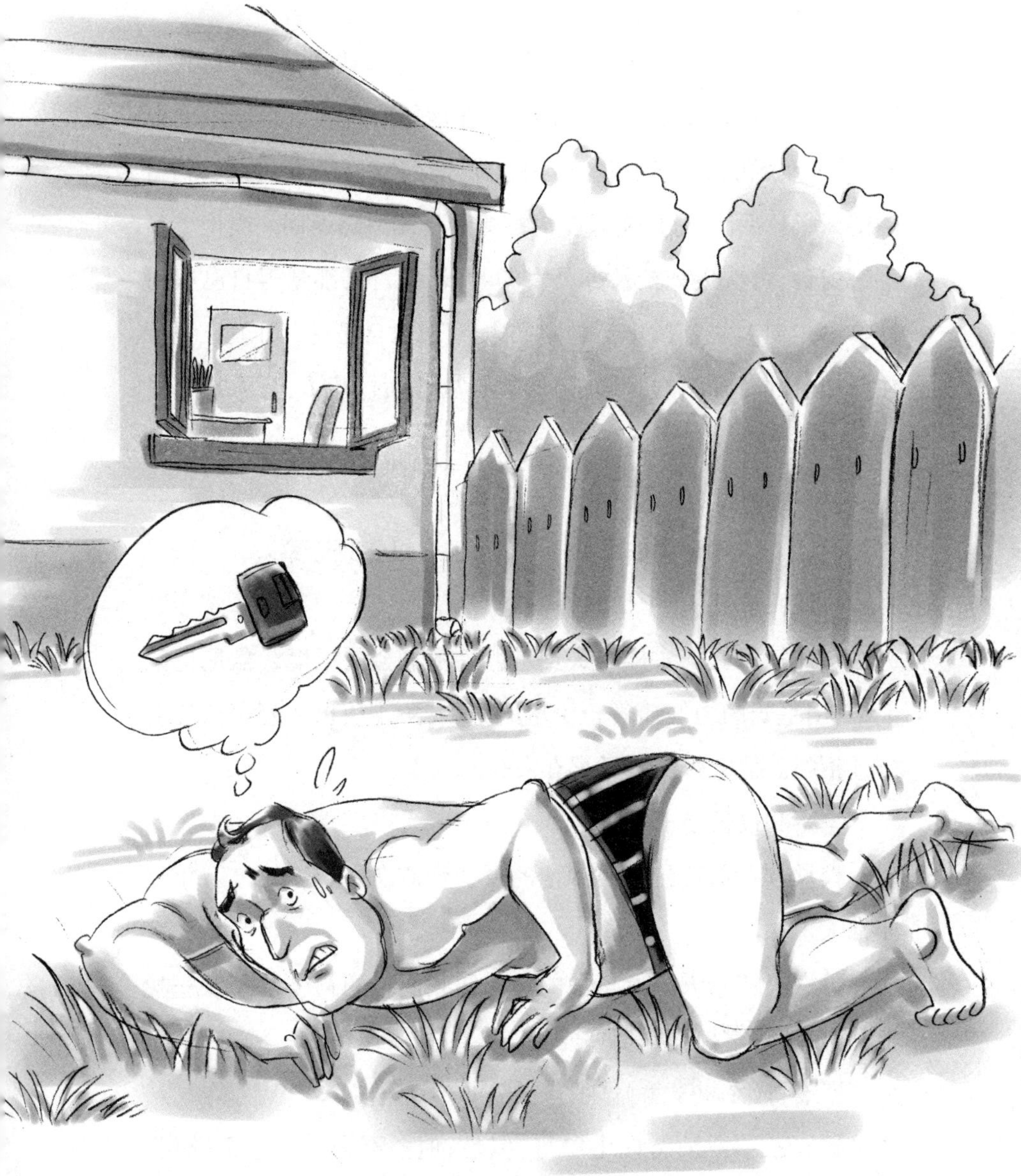

校长(忍不住笑起来)："哦,没有!他没有女朋友的,至少我从来都没听说过……"

罗伯特(还是在柜子里)："有什么好笑的,你这个'老山羊'!为什么我就不能有女朋友?"

警察乙："罗伯特先生是不是已经在这所学校工作很多年了?"

校长："是的,他是哪年到这里的来着……稍等一下,我把柜子里关于他的资料拿给你们看。"

罗伯特："不!千万不要!"

警察甲："不用麻烦了,夫人。"

校长："不麻烦,一分钟的工夫……"

警察甲："那就请便了。"

校长转动着金属柜外面的把手,可罗伯特正死死地拽住门内的把手不放,就是两头公牛都没法儿从外面把门打开。

校长："真麻烦!柜门堵上了。"

警察乙："要不要我帮您的忙?"

罗伯特："关你什么事?"

警察乙用力拉着把手,柜门却纹丝不动。

警察甲这时候也站起来："我俩一起试试!"

罗伯特："十个一起都没问题!一群傻瓜!"

两个警察差点儿把金属柜拽倒在地,却还是没能把门打开。而柜子里面的罗伯特紧咬着牙关,脸红得像只公鸡的冠子。

校长只得说:"算了,先生们,我等下找开锁匠来。"

于是,警察们和校长的谈话就此结束了。两人在谢过校长后,离开了办公室。

"如果罗伯特先生和您联络的话,记得给我们打电话。"

"没有问题,先生们。"

一直到午休的时间,校长都没有离开她的办公室。天知道罗伯特窝在柜子里有多痛苦!他从头到脚都痛,肚子饿得要昏过去,嘴巴干得要渴死过去。将近中午11点15分时,他在柜子里睡着了,并且做了个噩梦。他梦见自己穿着短裤被关在一个柜子里,警察和校长正在四处找他。当他醒来,意识到自己刚才做的那个梦完全是真实的时候,为了不让自己哭出声来,他只能狠狠地咬住自己的手腕。11点半,下课铃声响起,所有小孩儿都离开了学校。11点45分,学校里一片寂静,校长这才离开了办公室。罗伯特筋疲力尽地走出柜子,一溜烟跑到放扫帚的壁橱前。这回,他终于拿到了公文包和车钥匙,于是继续重复早晨的路线:校长室、窗户、草地、停车场。当他终于坐进自己那辆黄色的2CV,用钥匙将汽车启动时,他忍不住亲了下方向盘:"太好了,我的小鹿,带我回家吧,快……"

第九章　破案中

向妈妈讲述了自己所经历的那些令人难以想象的折磨后,妈妈建议他当天下午就赶回学校去。那天下午,罗伯特回到帝乐小学,为自己上午的缺席向校长和其他老师道歉,但是他却完全没有向他们解释究竟发生了什么。于是,罗伯特失踪的那一上午和他停在停车场的小汽车都成了神秘的谜团。大家原谅了他,也很快把这件事忘记了。

罗伯特和他的妈妈却丝毫不打算就这么忘记这件事。可要展开调查却又相当不容易,他可不想因为询问那些小孩儿而再次遭到他们的嘲笑。想象一下,他一个人站在那群小孩儿中间,双手叉腰地问他们:"到底是你们中间的哪一个在厕所放的'水炸弹'?你们知不知道我穿着短裤在学校里几乎待了24个小时?赶快从实招来!"难道他要这样做吗?

一定有比这更聪明的办法。而就在当天晚上,妈妈便给了他灵感。当时,妈妈正在熨衣服,熨斗和潮湿的衣服接触时,那水分蒸发的声音像是轻轻的呼吸声。罗伯特坐在沙发上闭目养神,满足地听着这如音乐般轻柔且富有节奏的蒸汽声,觉得自己仿佛又重新变成一个小孩儿。没有哪一刻比此时更安全和舒适的了。

"罗伯特,"妈妈打破了客厅中的寂静,"你让他们就这件事写篇作文……"

罗伯特没明白她的意思。

"你给那些小破孩儿布置个作文,题目是——'请叙述某一次你和某人开了个非常好玩儿的玩笑的经过'。"

"但是,妈妈,"罗伯特叹了口气,"你总不会觉得那些'罪犯'会在作文里露出些什么蛛丝马迹吧……"

"当然会!"妈妈说,"其实,罗伯特,这些小流氓就和有些变态杀手一样,如果从来都没有人知道他们就是犯罪者,他们犯罪的乐趣就会大打折扣。他们就是要让人知道,让人欣赏!"

"你觉得是这样?"罗伯特并不是太相信。

"我确定!他们做梦都希望被逮到,相信我。只要你稍稍引诱一下,这些小孩儿就会全部自投罗网了。当然,他们不会在作文里写就是他们在厕所里放的水盆,但是他们一定会忍不住露出蛛丝马迹的……就看读的人明白不明白了。"

"如果你确定这个方法行得通的话。"

一个星期后的礼拜二,在课间休息后,罗伯特用他优美的书写体在黑板上写下了这一学年最后一篇作文的题目。罗伯特和妈妈事先讨论了很久,得构思个既有利于他们的调查,又不至于意图太明显的题目。最后,作文的题目定为:《有一次你成功地捉弄了一位成年人,你因此觉得很骄傲》。

四年级的小孩儿习惯了写那些中规中矩的叙述文,觉得这个题目不怎么符合罗伯特老师一贯的风格,不过倒是很好玩儿。于是,这一次,他们每个人都写得兴味盎然。

当天晚上一吃完饭,罗伯特和妈妈就在客厅里读起了这25个小孩儿的作文。这些小孩儿真是"战绩辉煌":有个男孩写他有一次把一只压扁的死老鼠放进了他叔叔的靴子里;另一个披露说在自己爷爷80岁生日的时候,把剃须泡沫当鲜奶油挤到了蛋糕上;一个小女孩曾把乳酪放进汽车的空调里;还有一个曾在电话听筒上涂上了万能胶。但是,没有一个小孩儿提到水呀、脸盆呀这类内容。妈妈在读完最后一篇作文后,抱怨说:"我们肯定漏掉了什么东西,得重新再读,一行一行仔细地读!"

"没有用的,妈妈。"罗伯特说,"他们不会笨到这个地步……"

罗伯特和妈妈互相交换手里的作业本,从头开始读:奶酪,压扁的老鼠,万能胶……罗伯特简直快发疯了。这全都是"卑鄙可耻"的行为,而且还写得错字连篇!真不知道这些小孩儿以前是哪些老师教出来的!还有那些他们故意编造出来的、可笑的假名字:阿乐瑞克先生,特雷博女士[1]……

---

[1] 罗伯特在法语中为 Robert,此处"特雷博(Trébor)"是将"罗伯特"的法语字母拼写颠倒过来。

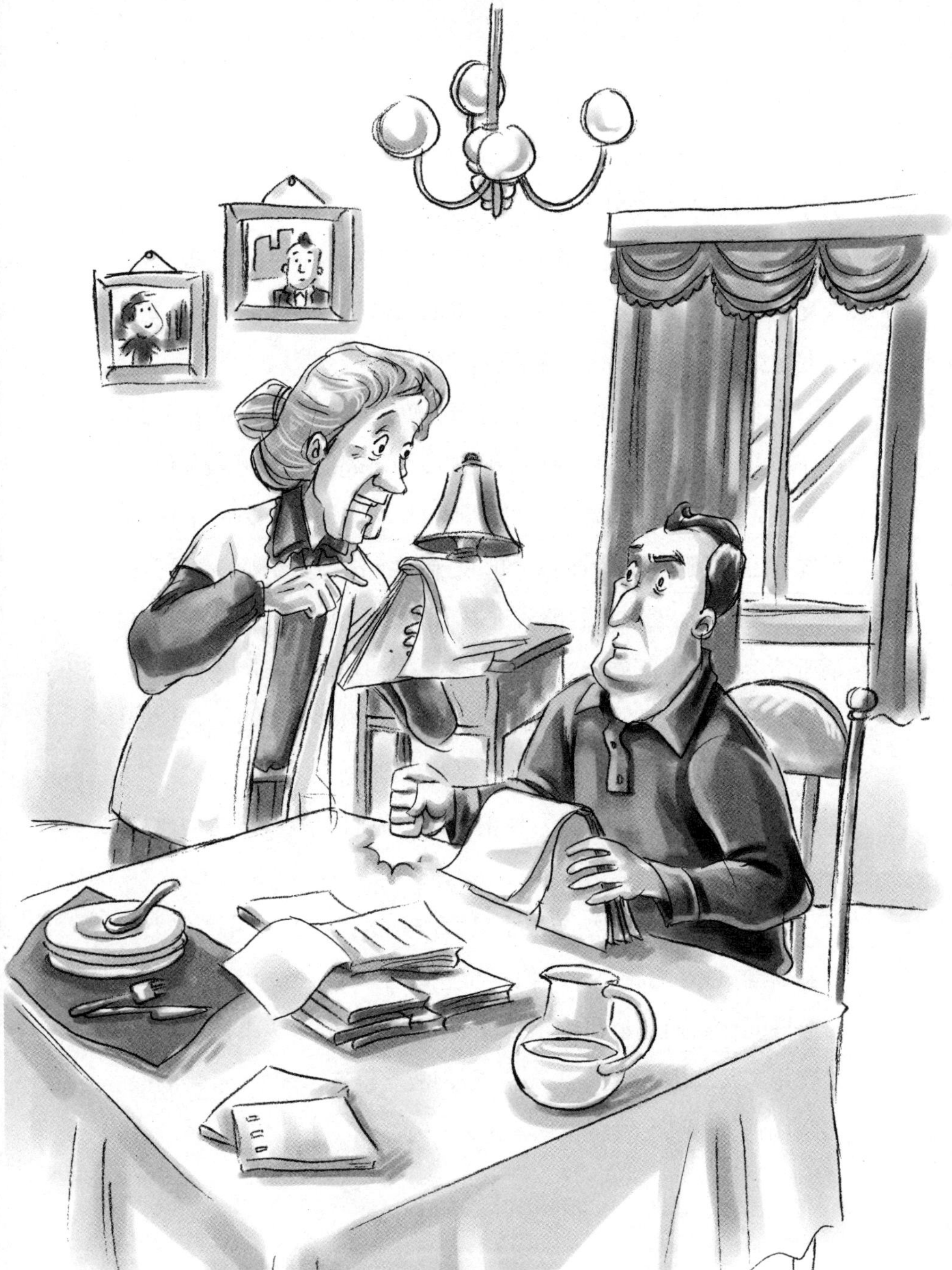

"你刚才念的是什么?"妈妈几乎跳了起来。

"特雷博女士。"罗伯特说,"这个小孩儿管她的受害人叫特雷博女士,多可笑的名字……"

"特雷博?特雷博不就是罗伯特?!"

"什么意思?"

"特雷博不就是把罗伯特的字母颠倒了顺序?"

她跳起来,一把抢过儿子手里的作业本。这个作业本的主人名叫克丽斯泰勒·吉约。

"让我看看这个小孩儿都写了些什么……'这件事发生在很久以前的一个冬天……'"

"开头就完全对不上号。"罗伯特叹了口气,"第一,这件事不是很久以前发生的,而是最近;第二,不是发生在冬天,是在夏天……"

"这就对了!她把你的名字倒过来写,其他的肯定也都是故意颠倒的!'冬天'其实就是'夏天','很久以前'其实就是'最近',得反着理解她写的。"

"你确定吗,妈妈?"

"我们接着往下看,我读句子,你把它按照相反的意思翻译出来!"

"好吧……"

"这件事发生在很久以前的一个冬天。"她从头开始念起。

"这件事就发生在最近,在夏天。"罗伯特翻译道。

"天气很冷。"

"天气非常热。"

"'为了这个恶作剧,我请我的哥哥帮忙,但是他不肯……'我觉得这里应该翻译成'我的姐姐'。"

"……我请我的姐姐帮忙,她同意了……哦,妈妈,吉约确实有个双胞胎姐姐也在我的班级,两个人形影不离!哦,这方法行得通!行得通!"

"被我捉弄的人叫特雷博女士,她是个又瘦又小的女人。"妈妈继续读着。

"被我们捉弄的人叫罗伯特先生……一个又高……又胖的男人……"罗伯特喃喃自语道,"哦,这个'小臭虫'!又脏又臭的臭虫!"

"我在厕所的地上放了炭火。"

"我们放了……嗯,放了……"

"水,水!罗伯特!水和火相反,炭火对应的就是水!继续!"

"我们在厕所的……天花板上放了水。"

他们两个人此时几乎将整个身体都趴在了小吉约的作业本上,一字一句,无比激动地解密,简直跟当年商博良②解密古埃及文字时一样仔细。

"当特雷博女士走进厕所的时候,她烫到了脚,但是身体的

---

①让-弗朗索瓦·商博良,19世纪法国著名历史学家、语言学家、埃及学家,是第一位破解古埃及象形文字结构的学者,被后人称为"埃及学之父"。

其他部分都没有被烫到。"

"当罗伯特先生走进厕所的时候,"罗伯特继续翻译着,"他的头湿透了,还有……全身上下也湿透了……"

"然后,她穿上所有的衣服……"

"然后,他脱下所有的衣服……"

"从教室走了出去……"

"留在了教室里面……"

"……待了一小会儿。"

"……待了很长时间。哦,妈妈!我恨不得掐死这个小混蛋!她简直太可恶了!"

"等等,罗伯特,还没结束呢,还有更糟的!'我对我们的恶作剧并不感到很自豪……'"

"我对我们的恶作剧感到非常自豪……"罗伯特几乎呻吟着说。

"我不希望再玩一次!"

"我们很想再玩一次!"

读到最后一句的时候,罗伯特控制不住地将作业本撕了个粉碎,然后把碎纸片扔到地上,狠狠地用脚踩。

"我要这两个'小跳蚤'付出大代价!我要报复她们!"

罗伯特气得差点儿哭出来。妈妈再一次告诫他,要耐心等待,千万不能立刻就行动,这两个"小跳蚤"如果知道自己遭到怀疑一定会无比兴奋,耐心等待后的复仇才更加美妙。

星期四的时候,罗伯特把所有批改完的作业本还给小孩儿们,当然,除了克丽斯泰勒·吉约的。吉约很吃惊为什么没有自己的本子,罗伯特若无其事地解释道:"每年我都会留下一本作业本当作纪念,今年我挑选了你的,因为我非常喜欢你写的小作文。你对此没有意见吧,克丽斯泰勒?"

"完全没有。"小孩儿回答道。她眼神里流露出的调皮和狡诈,让罗伯特恨不得当场就揍她一顿。

第十章　第二次报复行动

接下来的 20 年，克丽斯泰勒·吉约和她的姐姐娜塔丽一直都住在帝乐小学所在的这座小城，罗伯特经常会在街上遇见她们两个，简直是低头不见抬头见。她们两个每次都会无比热情地跟罗伯特打招呼，他也就不得不应付着。

"您好，罗伯特先生。"两人笑着大声说。

"你们好，小姐们。"罗伯特小声回答着，避免和她们对视。

但是每次一回到家，他就气得暴跳如雷："虚伪的人！这些虚伪的小孩儿！"

两姐妹的日子都过得不错。她们在念完书后，先是做了几年理发师。克丽斯泰勒在罗伯特家附近的一家美容院找到了工作，几个月后，她把她姐姐也弄到了这家美容院。她们俩长得很像，两个人个子都高高的，永远化着浓妆，穿着紧身的白色牛仔裤，漂亮而自信。1998 年，她们的父亲去世，两人因此继承了一笔遗产。犹豫了一年后，也就是 1999 年 6 月底，就在罗伯特把她们两人的名字写到自己的复仇备忘录上的同时，她们俩也在一份合同上签下了自己的名字——克丽斯泰勒和娜塔丽买下了那家美容院。

罗伯特妈妈认为,到了她加入行动的时候了。况且,美容院也不是大男人该去的地方。

"你一个人了结了勒康的那桩事。"她对儿子说,"这次我也准备参加报复行动。我自己去她们的美容院瞧上一眼,也正好去除下毛。"

罗伯特看了看老太太下巴上、脸颊上和耳朵上的毛,决定不阻拦她。

"好的。"罗伯特说,"不过你要在下楼前好好地吃点东西,不然你可受不了。"

"有道理,我去吃点土豆泥和马肉排。"

自从"布鲁事件"以后,老太太的生活节奏发生了很大的变化。她每天很早就起床,只有下午在床上小睡一会儿。她经常在走廊上溜达当运动,以至于胃口好得让她儿子都有些担心了。

"你吃下去的东西都消化得了吗,妈妈？"

那天下午,他陪着妈妈走下楼,看着她慢慢地走远。天哪,妈妈真的很高！由于她常年卧床,他几乎都忘记了原来她有那么高。

45分钟后,她疲惫又兴高采烈地回来了。

"今天美容院关门,不过我跟两姐妹说了会儿话,有新情报

"……她们正在重新装修,三个星期后完工。你知道她们给美容院起了个什么新名字吗?"

"不知道。"

"克丽斯塔丽美容院,把她两个人的名字合在了一起。"

"克丽斯塔丽……"罗伯特冷笑着说,"她们两个到现在还喜欢玩文字游戏,这两个狡猾的……"

"新店开张仪式在9月最后一个星期六举行,地点是美容院后面的小花园。"她接着说道,"你猜怎么着? 她们邀请我参加!看!"

请帖是椭圆形的,镶着银色的装饰画,还散发着浓郁的玫瑰香水的味道。果真是吉约姐妹的风格!老太太还拿回一张美容院的广告,上面写着:

克丽斯塔丽美容院

脱毛,脸部护理,全身护理,指甲护理,日光浴……

在舒适而宜人的环境中,

克丽斯泰勒、娜塔丽和所有员工将为您提供最悉心的护理,

令您容光焕发,美丽动人。

"你觉得怎么样,罗伯特?"

"干得好,妈妈。"

他们两个觉得接下来得花时间好好酝酿他们的报复计划。

这样的计划可不是一时半会儿能想出来的。罗伯特整整用了三天,脸上才挂起那个颇有意味的微笑。

"我想,妈妈,这次她们的开张仪式我会不请自来,当然,以我特有的方式。"

接下来的两天,罗伯特每天至少下楼十次,特地跑去一个公用电话亭打电话。这下,罗伯特的妈妈可不高兴了。

"罗伯特,你给谁打电话?不是说好我们一起干的吗,你偷偷摸摸地干什么?"

"对不起,妈妈,我要准备一个惊喜!"

随后,罗伯特跑去一家规模很大的五金店,回来时带回一身工作服、一副园丁手套、一双长筒橡胶靴,还有十几副用来防尘的小型面具。接下来的一个星期,他每天晚上 11 点都"全副武装"地出门,然后将近清晨的时候才回家。每天早上回来的时候,他浑身都又脏又臭,不过心情倒是非常愉快。他把脏衣服换下,在卫生间一边洗澡一边吹着口哨儿,罗伯特妈妈每次都用指尖捏着脏衣服,把它们扔进洗衣机里。

"你到底在搞什么,罗伯特?你是掉到下水道里去了,还是在扫马厩?"

终于,在一个星期天的早晨,那天是 9 月 12 日,罗伯特从衣橱里拿出一只很久没有用过的旅行袋,整理了换洗衣物和洗漱用品,然后拥抱了他的妈妈。

"我要出门两个星期,妈妈,别为我担心。"

"两个星期?！你上哪儿去？"

"挺远的,我要去个地方学些东西……或者说,是接受某种训练。"

"训练？干吗非要离开家去训练？"

"最好不要让这里的人知道我在那边训练什么……"

"哦……但是你会错过开张仪式的……是 25 号。"

"我会赶回来的。"

"你要把我一个人留在家里……"

为了安慰妈妈,他轻轻地拍着她的肩膀。

"你过来看,妈妈。"

他把她拉到厨房,拉开窗帘。

"看,从这里可以看到吉约姐妹的美容院后面的花园。等开张的那一天,我强烈要求你别去那个花园,你明白我的意思吧？到时候,你就留在厨房,舒舒服服地坐在我特意为你准备的椅子上,用望远镜看一场好戏,就像上回我看布鲁那样。我向你发誓,你一定不会失望的……就是为了这个,我必须离开几天去接受训练,你不会生我的气吧？"

"怎么这么神秘,罗伯特？"

"我不能告诉你更多的细节,妈妈……都说出来就不好玩儿了,我发誓……"

"好吧,那你去吧。你会打电话给我吧？"

她整理着儿子的衣领,任对方亲吻着自己的额头。

"我每天晚上都会给你打电话的,妈妈。改天见。"

"去吧,加油!"

在去火车站的路上,罗伯特意识到,自从父亲去世后,自己已经有整整 27 年没有离开过妈妈了——当然,1978 年 6 月那天晚上除外。他忍不住哭了起来。路边的两个小孩儿看到这个 137 公斤重的、头发都快掉光了的老头儿,迈着两条长腿,手上拎着包,脸上还涕泪横流,觉得奇怪得不得了。

他遵守自己的诺言,每天晚上 7 点准时给妈妈打电话。妈妈不知道他究竟在干什么,而他又不愿意说,因此,两人之间说来说去就是那么几句。

"你进展得如何?"妈妈问。

"很慢。"罗伯特回答,"我不是最有天赋的,而且从来没学过,所以很慢,你明白的……"

"你和一起训练的人相处得好吗?"

"他们都很年轻,妈妈,我几乎比他们老一倍……"

"你干的活儿没有危险吧?"

"得小心谨慎才行……"

"那活儿是不是很脏?"

"我有适合的衣服,妈妈。"

可怜的老太太每天晚上一半的时间都在担心各种各样的问题,好不容易睡着了,做的梦又都是关于儿子的。她梦见他潜入海底深渊,骑着千里马,驯服着猛兽……

终于到了9月25日这一天。早上一起床，罗伯特妈妈就去看天气情况。天气非常好，开张仪式一定可以照原定计划在室外举行。为了让时间过得快一点儿，她下楼去肉铺买了一大块鸡肉。整个上午她都在忙着用各种香料烹饪鸡肉，希望她的儿子会准时回家。到了吃午饭的时候，罗伯特还是没有出现。于是，她一个人吃掉了大部分鸡肉，还喝了半瓶波尔多红酒。下午两点，老太太坐在厨房的椅子上，用望远镜远远地观望着美容院的后花园，她隐约能看见右边的石头楼梯。过了一会儿，她看到吉约姐妹俩指挥其他年轻女孩干活儿，她们有的正在往桌子上铺淡蓝色的桌布，有的在准备各种装饰花束。稍远处的高台上，两个技术人员正在检查音响设备并测试话筒。两点半的时候，一辆外卖公司的中巴车停到旁边一条街上，车上的两个工作人员运来超过25种不同的菜肴。虽然隔着老远，罗伯特妈妈仍可以断定，吉约姐妹出手还真是大方，那些菜肴里有三文鱼、鱼子酱，以及各种精致的糕点，而且都是想吃多少就拿多少！她真后悔自己没有去，而罗伯特到现在还没有回来……她一直竖着耳朵听走廊上有没有人上楼的声音，始终没有。2点45分，服务生们开始准备饮料，有果汁、开胃酒，还有香槟。

　　受到邀请的客人自3点开始陆续到场，其中有很多对夫妻，男人们把外套搭在手臂上，女人们穿着轻巧的裙装，皮肤都被夏日的阳光晒成了小麦色。克丽斯泰勒和娜塔丽向客人们走去，热情地拥抱他们。罗伯特妈妈猜都猜得出他们之间的对话内容。

"哦,亲爱的,见到你我真是太高兴了!"

"你能来真是太好了!"

"你太漂亮了!"

3点15分,现场放起了音乐,客人们手里拿着饮料杯,随着音乐慢慢摇摆着。人们大声谈话和嬉笑的声音不断传到罗伯特妈妈的耳朵里。罗伯特究竟在干什么呢?她十分纳闷儿。他到底准备何时行动,又怎样行动呢?他是不是准备出其不意地把一盆水浇在两姐妹的头上?或者他会突然朝她们两个人跑过去,把她们的衣服扯坏,让她们也尝尝在公共场合衣不蔽体的感觉?不会的,罗伯特肯定有其他的点子。但到底是什么呢?

又过了30分钟,老太太开始失去耐心了。她放下望远镜,揉了揉眼睛。当她重新拿起望远镜时,她看到花园边的空地上出现了一辆巨大的吊车。难道这里有什么修建工程?她怎么没注意到。伴随着引擎的响声,吊车开始运行,驾驶室离地面有20米的距离,里面坐着个操作员。"这些人真是厉害,又没有恐高症,又不怕眼睛疼。"她自言自语道。她可受不了自己的儿子去干如此危险的工作!出于好奇,她往驾驶室里望去,想知道那会是个什么样的人,居然能在那么高的地方操控一个如此巨大的铁怪物,而且还精准得像牙医操控拔牙器械一般。

一开始,她不相信自己的所见。睁大眼睛再仔细看了看,她还是不敢相信。直到看了第三次后,她不得不承认那是真的了——开吊车的人是罗伯特,是她的儿子!

罗伯特身上那件绿外套和他那光秃秃的脑袋让老太太确定,那就是他。"哦,罗伯特!你跑到那么高的地方去干什么?!你不要命了?!"她的手都抖了起来。看到她的儿子此时正朝她的方向看过来,还做了个手势,她也朝他回了个手势,嘴里还喃喃地说"嗨"。不过,他一定既看不见也听不见。

开张仪式还是照常进行着,大家跳着舞,喝着饮料,似乎没有一个人发现附近有辆吊车。娜塔丽走上高台说了些什么,大家于是鼓起掌来。吊车的吊臂此时已经位于那些宾客的头顶上方,但是因为所处的位置非常高,所以没有一个人发现。吊臂末端的吊钩上绑着根绳子,绳子下面拴着一个几乎有一辆油罐卡车车身般大小的大包。

"那是水!"罗伯特妈妈恍然大悟,"他要用水浇他们!他只要让那个大包打开,就会有一千升的水浇到那些人头上!"老太太的担心顿时变成了喜悦。她永远都记得1978年6月16日,那个星期五,她的儿子筋疲力尽地推门而入,身上只穿着短裤,受尽了侮辱。那两个"小臭虫"如此残酷地折磨他,而这么多年过去,她们两个居然没有受到过任何的惩罚。轮到克丽斯泰勒上台了,终于等到报仇的时刻了!

这个年轻的女人穿着件色彩鲜艳的衬衫,金色的头发垂在肩膀上。她讲了几分钟的话,被大家的笑声打断了好几次。看样子,来宾们对冷餐会很是满意。而此时,他们头顶上的吊车臂也已经定好位置了。罗伯特妈妈激动得不知道该看哪里,是看那些即将被淋成落汤鸡的人呢,还是看吊车上将要打开的那个水包?或者,是看她那勇敢的儿子?他现在一定是在等待最佳时机行动。

时机来了。所有人举起香槟酒,一齐喊道:"嘿!嘿!嘿!万岁……"

就在他们第三次高呼"万岁"的时候,大包裂开了,"暴雨"从天而降。

老太太在那一秒钟还没明白究竟是怎么一回事,不过下一秒钟,她就想起罗伯特之前每天半夜出门,到早晨才穿着臭衣服回来的情景。原来,大包里是垃圾,他花了一个又一个晚上收集来的垃圾!他打开了成千上万个垃圾袋,那些无数人家丢掉的垃圾这一刻全部聚集在了一起!她开心得叫了出来:"哦,我的儿子!我的儿子!你真让我高兴!我高兴死了!"

那些垃圾像暴雨一样从天而降。客人们才刚抬起头,就收到了这份将近一吨半重的垃圾"大礼包"。这些垃圾足以恶心死一头猪:残留着籽和汁液的甜瓜皮、烂得发黑甚至已经变成液体状的香蕉、小孩儿的尿布、用过的创可贴、发霉的比萨饼、鱼头和动物内脏、烂菜叶和烂番茄、腐烂的肉……

所有这些垃圾全部掉在了客人们的身上,而他们甚至还没来得及放下庆祝的酒杯。男人们的薄西装外套,女人们的花边上衣、裙子,还有大家新做好的发型,瞬间都覆盖上了这世界上最令人作呕的垃圾。女人们全都失声尖叫着。克丽斯泰勒·吉约顶

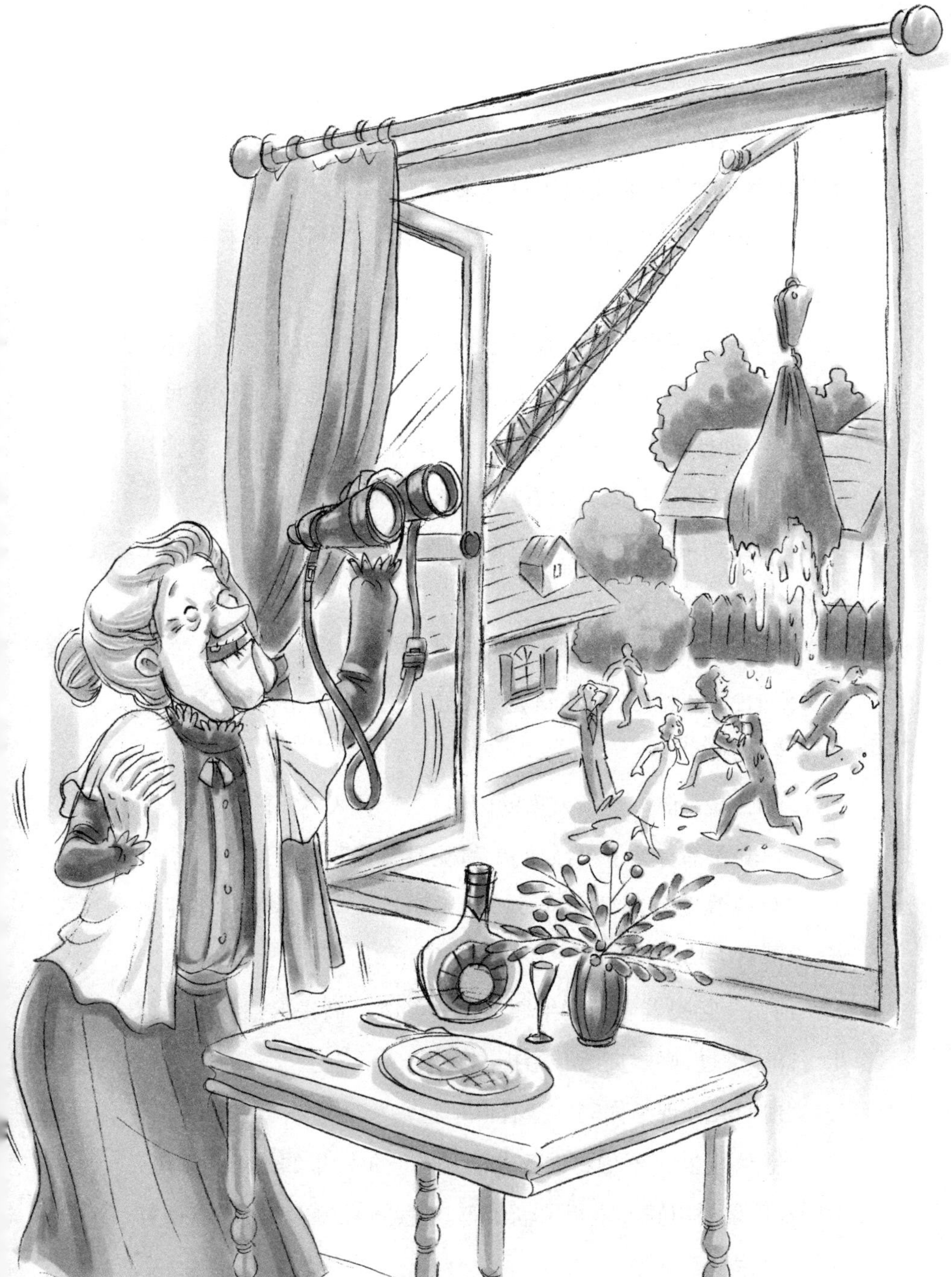

着满头发臭的肉汁,哭喊着向她的姐姐求助,而她姐姐此时正被番茄炖菜和咖啡渣裹得透不过气来。

"怎么样,小坏蛋们?"罗伯特妈妈笑着说,"还为你们的恶作剧而自豪吗?还想再玩一次吗?"

她拿着望远镜朝吊车驾驶室望去,罗伯特似乎又在跟她打手势。但这一次,他用手指向吊车的吊钩处。"什么意思?该掉下来的已经都掉下来了呀,还有其他要掉下来的吗?"因为罗伯特的坚持,她往他手指的方向看过去,不禁再次大笑起来。

一张小小的餐巾纸正慢慢地从吊钩上掉下去,往宾客们那里飘。

"好好擦,擦干净!"妈妈笑得上气不接下气。

罗伯特这时迅速地从驾驶室中出来,爬下吊车,几分钟后就消失在了街角。

一刻钟后,他按响了公寓的门铃,然后投入妈妈的怀抱。

"你刚才都看见了吗,妈妈?看见没有?"

"我都看见了,罗伯特!垃圾'雪崩',还有最后那张小餐巾纸,你简直太棒啦!"

他们一起喝着剩下的半瓶波尔多红酒,高兴得像两个小孩儿一样。不过,妈妈突然开始担心起来。

"他们会发现是你吗?会有麻烦吗?"

"绝对不会。"罗伯特回答,"我是在波尔多报的吊车学习班,然后在贝桑松用假名字租了辆吊车。这是辆波弹牌MD345型号的，开它比开我的老爷车还容易。星期一会有人来把它拖回去的，不用担心，妈妈。"

当天晚上，罗伯特打开自己的复仇备忘录，在两姐妹的照片上画了一个大叉，然后在下面用红色笔写上：

1999年9月25日报复成功。结案。

第十一章　一见钟情

皮埃尔·依夫·勒康在 1967 年让罗伯特当着全班同学和检查员的面遭受了一次奇耻大辱，这件事可以称作他教学生涯中的"滑铁卢事件"。11 年后，吉约姐妹的恶作剧对罗伯特来说又好似一场噩梦，所幸，这件事并没有其他人知道。而奥德蕾·马赛克毛毛在 1987 年冬天对罗伯特所做的，则成了他"生命中无法承受之痛"。

1987 年 5 月，晴朗的天气使得人们纷纷走出家门，悠闲地在公园里、河岸边闲逛。相爱的人们都手拉着手，相互微笑着，坐在长椅上亲吻着。那天傍晚，罗伯特一个人散着步。他低着头，若有所思，故意不去看周围的那些人。别人的幸福有时候会让他很是忧郁。在外面只逗留了一会儿，他就回家了。他摆好餐具，准备吃晚餐。那个时候，妈妈还能煮饭。吃饭时，他们会聊些陈年往事，比如父亲还在世的那些年发生的事，或者聊聊罗伯特的工作。不过，大多数时候，他们只是吃饭，两个人都不说话。

有一天晚上,妈妈打破了沉默。

"你知道,罗伯特……"

"什么,妈妈?"

她看上去有些犹豫不决,不自然地用纸巾擦着嘴巴。

"我想说的是……如果你找到合意的伴儿……也就是说,你要是碰上合适的女孩子……你也到了该结婚的年龄,你看……"

罗伯特当时已经快47岁了,但是听到这些话,他的脸还是一直红到了耳朵根。这还是妈妈第一次跟他谈这样敏感的话题。他支吾着:"但是妈妈,我……我没碰到过什么合适的人……"

"我知道,罗伯特。我只是想告诉你,如果你碰到合适的,我并不反对……你也看到了,我一个人可以把自己照顾得很好……只要你们别搬到离这里太远的地方就可以了。"

"好的……"他有点儿尴尬地回答,"不过我跟你发誓,目前还没有……"

这次谈话以后,罗伯特和妈妈没有再谈及这个话题。然而接下来的一段时间里,从春天到夏天,再从夏天到9月开学,罗伯特满脑子都想着这件事。

1987年秋季,新学年开学时,和每年一样,校长把所有教师都聚集到教师休息室,做些必要的新学期的人事和工作安排。

"首先我向大家介绍一下新来的同事,艾涅瑞拉小姐,她将负责三年级的教学。"

所有人都将头转过去,看着这位金发的年轻小姐。她向大家友善地微笑了一下,轻轻地说:"我叫克罗蒂娜。"

罗伯特当时觉得自己就像被雷击中了一样。他在心里说:"就是她!"

接下去校长和同事们说了些什么,罗伯特全都没有听进去。整个早上,他做的唯一一件事就是注视着克罗蒂娜·艾涅瑞拉的蓝眼睛。他越是观察她,越是觉得自己被她征服了。她那姣好的面容、柔软的手指,她用手撩头发的模样,她的微笑和步伐……她的整个人都让他那么地喜欢。罗伯特估计她的年纪在35岁上下,而校长刚才称她为"小姐",而不是"女士"。

"别发疯。"罗伯特试图让自己镇静下来,"说不定她已经订婚了呢……你怎么知道她是不是单身……"尽管如此,他还是很难让自己平静下来,思绪就像脱缰的野马一般。

接下来的几天,每当在教师休息室遇到艾涅瑞拉小姐的时候,罗伯特都不敢主动和她说话。但是,在艾涅瑞拉小姐和其他同事聊天儿的时候,他截获了不少重要的情报,比如她住在城里的一间小公寓里,没有买车,家里有一只猫,有一天早上她还询问同事周末的城里有什么可玩的。所有迹象都向罗伯特表明:这位小姐还是单身!

罗伯特这么多年平静的生活突然就被打破了。他的脑子里每天只有一个念头:见到艾涅瑞拉小姐。星期三的休息日让他觉得空洞,而周末则变得令人难以忍受的漫长。他渐渐地无法阅读,没有胃口,夜里也常常失眠。

"你应该去看医生。"妈妈建议他。

"我想见的不是医生。"他心中暗想。

11月的一天,突然大雨滂沱。罗伯特启动他的小汽车准备回家的时候,看到艾涅瑞拉小姐正在门廊下避雨。于是他从车里探出脑袋,大声对她说:"您没带雨伞吗?"

她笑着说:"没有。我每天都带伞,除了今天!"

"上车吧,我送您回家。"

五秒钟后,艾涅瑞拉小姐已经坐在了他的身边。雨下得非常大,"噼噼啪啪"地敲打着车前盖,他们必须很大声地说话才能听清楚彼此。那场景很是滑稽。一切都发生得那么突然,让罗伯特都来不及紧张害怕。

"您住得远吗?"他喊着说。

"不远,我给您指路……"

他启动小汽车,按下了雨刷的启动键,可挡风玻璃前的雨刷却纹丝不动。

"这雨刷不能用吗?"艾涅瑞拉小姐问。

"能用,不过只有在天气好的时候才能用!"罗伯特说,"它就跟您的雨伞一样……"

他说完,用力在仪表板上猛敲一下,那两把"黑扫帚"立刻就摇动起来了。

"雪铁龙的2CV现在可不常见了,是不是?"

"的确,它就跟它的主人一样,是只罕见的鸟!"

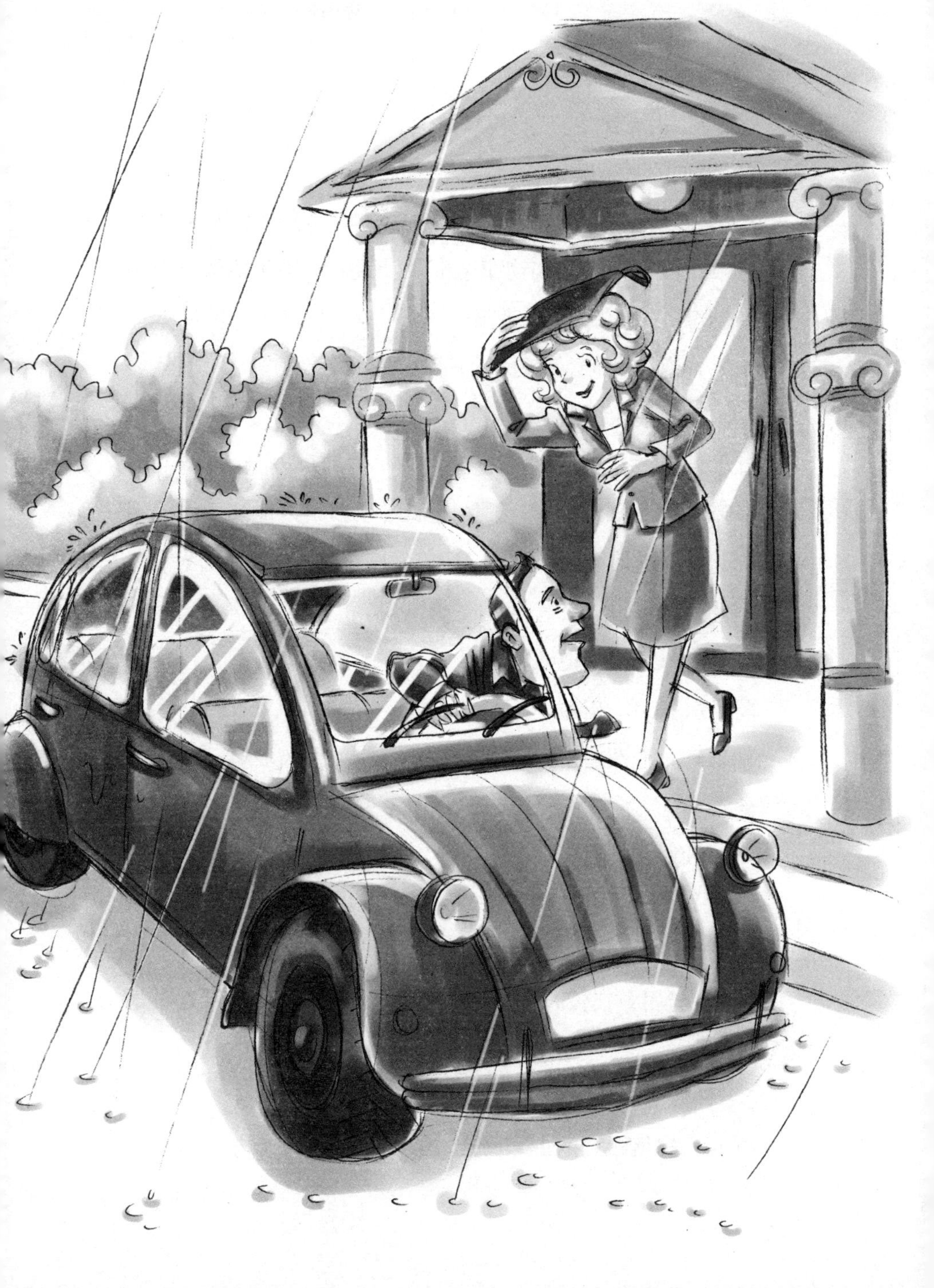

艾涅瑞拉小姐被罗伯特逗得笑起来。罗伯特自己都有些吃惊,不记得自己几时如此幽默轻松过。他真恨不得开着自己的小破车跟这位美丽的小姐去往世界尽头。可惜,他们很快就到了艾涅瑞拉小姐住的地方。

"非常感谢您。如果今天没有您,我一定淋成落汤鸡了。"

"不客气。明天在学校见……"

"是的,明天见。"

她的微笑里似乎包含着各种讯息,让罗伯特感到幸福不已。她把公文包顶在头上,一溜烟地跑到家门前,然后转过身,对罗伯特一边做着手势一边说:"您要不要上来喝杯咖啡?"

"不用了,改天吧。"罗伯特也用手势回答着。

"一定吗?"她问。

"一定!"

两人都笑了起来。

回家路上,罗伯特如同陷入初恋的15岁少年一样,内心非常甜蜜。

虽然所有同事之间都互相称"你",但罗伯特和艾涅瑞拉小姐在接下来的几个星期里却继续互称"您"。两人逐渐有了在星期三下午一起散步的习惯,他带她去看小城里那些风景优美的街道,然后两人一起参观城内罗马时期的教堂,艾涅瑞拉小姐对这些建筑尤其感兴趣。他们还一起去公园,泡咖啡馆……

很快就有传言说他们两个在谈恋爱。11月的一个早晨,全校师生在经过布告栏的时候，都能看到有人在上面歪歪扭扭地写着：罗伯特+艾涅瑞拉=永恒的爱。

罗伯特因此觉得非常烦恼，于是当天晚上就把所有的事告诉了妈妈。而妈妈其实早就猜到了些什么，表现得非常高兴，好像罗伯特是在跟她宣布自己快要结婚了一样。

"等等，妈妈，等等。"他说，"到目前为止，一切都还没有确定……"

对于布告栏上的话，老太太的评论是："对付闲言碎语最好的办法，就是让它变成真的。"

"什么意思，妈妈？"

"你得赶快行动，罗伯特。"

"什么行动？"

"订婚！立即订婚！这样就再没人说闲话了！"

"但是，妈妈……你难道不想先见见她吗？"

"我相信你，罗伯特。按照刚才你跟我形容的那些，她应该是个很好的女孩子。"

他于是继续和妈妈讨论"战略战术"问题。妈妈让罗伯特把茶端到她的卧室，她躺在床上，开始向罗伯特传授所有重要经验。罗伯特坐在床边认真地听着，不过，他还是忍不住打断妈妈好几次，重复地问着同一个令他非常担心的问题："你确定这一套现在还管用？"

"这是什么鬼话！"妈妈把茶杯猛地放到床头柜上，"这些办法是永恒不变的。你爸爸就是这么娶到我的,没有一个女人抵挡得住,我的孩子。"

当罗伯特又一次对妈妈的建议提出质疑时,她生气了。

"罗伯特!要是说关于汽车的问题或者关于什么电钻木钻的,我听你的。但说到感情问题,我请你听我的,好吗?"

于是,三天后,罗伯特心狂跳着推开了珠宝店的门。

"我想挑一款订婚戒指……"

"好的,先生,请坐。"

两人于是面对面地坐在一张桌子边。店员是位年轻漂亮的女士,穿着名牌套装。她取出一个小箱子,在罗伯特面前打开。

"您看看这些款式。这一款造型简单,带一小颗蓝宝石。这一款更精致些……您看这个祖母绿……然后还有这一系列的……"

众多款式看得罗伯特晕头转向的。"早知道我就带妈妈一起来了。"他有些后悔。

"您觉得这款如何?"店员小姐将一枚戒指放在自己的掌心,问罗伯特。

"很漂亮。"他咕哝着说,"很漂亮……"

店员见他如此尴尬,于是又问了他另外一个问题:"那位小姐的指围大概是什么尺寸?"

"嗯,应该跟您差不多。"他回答。

店员小姐戴上这枚戒指试了试,太小了,戴不进去。

"您想要什么价位的？"店员小姐突然问。

"我倒是无所谓，怎么说这都是一辈子只有一次的事情……"

店员考虑了一下，这时候有另外一位客人走进店里。店员压低声音说："我们店里还有钻石，挑选完钻石的大小后，可以为您定做成这其中的任何一种款式。不过，那就是另外一种价位了……"

"具体地说？"

店员没有回答罗伯特的问题，而是从桌子的抽屉里拿出了张小纸片，上面写着钻石的价格。罗伯特一开始以为售货小姐弄错了，因为这小小的石头居然相当于他四个月的薪水。

"这是肯定的。"店员提高了嗓门儿说，"这样的礼物是别具意义的，钻石戒指通常都会被人们一生珍藏，还会传给自己的孩子。我可以向您保证，收到礼物的人一定会非常感动。我也很愿意给您一个小小的折扣。"

罗伯特被店员说得晕乎乎的。"收到礼物的人一定会非常感动……孩子……一生……"这些话打动了他的心。他不断地把那张纸片举到眼前，看了又看，想了又想。一刻钟后，他终于说道："好的……我买下了……"

店员小姐的脸上没有流露出任何表情，只是对罗伯特越发礼貌和客气。

"您需要我们在戒指上刻上您和您女朋友的名字吗？"

他犹豫了一下。"罗伯特和克罗蒂娜"？听上去不错。

"我没想好，您觉得刻还是不刻好呢？"

"我们暂时不给您刻，不过如果您改变主意的话，打个电话给我们就可以了。"

店员热情地和他握了握手，送他到门口。

"下周二见，到时您的戒指就定做好了。"

几秒钟后，当他重新走在大街上的时候，他觉得自己整个人轻飘飘的，以至于都不知道自己的脚到底有没有踩在地上。

第十二章　戒指风波

12月中旬的时候，罗伯特的那枚钻石戒指已经在他家的橱柜里放了三个星期。而罗伯特却一直没有表明心迹。妈妈开始失去耐心了。

"你还在等什么，罗伯特？你是不是要拖到其他人当着你的面把她抢走才开心？快，你得在圣诞节前搞定这件事情，赶快做决定！"

这对罗伯特来说可不是件容易的事。向一个人求爱必须得胆大敢为，而罗伯特对克罗蒂娜心里到底是怎么想的，还非常不确定。万一她拒绝呢？不过妈妈说的也有道理，这么干等下去是没有任何意义的。

就在罗伯特准备要行动的时候，克罗蒂娜却先跨出了第一步。她抓住两个人在教师休息室独处的机会，红着脸对他说："嗯……如果我邀请您星期六晚上来我家共进晚餐……"

罗伯特觉得这个巧合恰好说明了他们两个心有灵犀。

"哦……我非常愿意……我其实早就想邀请您来我家了,不过因为我妈妈,您知道,她年纪大了……"

"我明白……不过我要告诉您的是,晚餐很简单,只是家常便饭,您有什么不喜欢吃的东西吗?"

"我都喜欢。"

罗伯特心想:我喜欢您的一切,克罗蒂娜,从头到脚……没有一样我不喜欢……

这个星期,罗伯特觉得好像有一个月那么久,而星期六这一天对他来说更是漫长得如同一个世纪。一大早,妈妈就把他的衬衣和长裤熨好,搭在沙发背上。下午,他去公园散步,放松紧张的神经。回来的路上,在花店老板的建议下,他买了一束非常漂亮的山茶花。晚上 7 点,罗伯特洗了个澡,穿戴整齐,洒上淡淡的古龙香水。走到楼梯口的时候,妈妈让罗伯特转了一圈,好让她看看是不是所有细节都完美。

"不错,你看上去很不错。礼物带上了?"

他拍了拍自己的上衣口袋。

"在这里,妈妈。"

"手帕呢? 你有没有带手帕?"

他又拍了拍另一个口袋。

"带好了,妈妈。"

"你得告诉她,花要立刻插到花瓶里。她家里有花瓶吧?"

"应该有吧。"

"好的,快下楼去吧,我在窗口跟你告别。"

克罗蒂娜住在一栋公寓楼的顶楼。罗伯特爬上四层楼后,先调整了一下呼吸,才敲了门。克罗蒂娜穿着一条明亮的粉红色裙子来为罗伯特开门,这条裙子她还从来没穿去学校过。当她看到罗伯特手里的鲜花时,惊喜地把手捂在嘴边:"哦,罗伯特!哦,真不该让您破费!天哪,它们实在是太美了!"

"一点儿小意思。"罗伯特口中说着,心里暗想,"我的克罗蒂娜,你要是知道我的口袋里为你准备了什么……"

克罗蒂娜把花插进花瓶的时候,罗伯特为将要降临的幸福时光窃喜着。

两人先在沙发上喝了会儿葡萄牙甜酒,随后,晚餐开始。克罗蒂娜事先准备了热带沙拉和火腿奶酪烤天香菜。她将一瓶红酒和开瓶器递给罗伯特,不好意思地说:"抱歉,我请您吃饭还得让您动手……我打不开……好几次我自己对着个果酱罐,就是打不开!讨厌得很。"

"哦,克罗蒂娜,"罗伯特心想,"只要你愿意,从现在开始所有的果酱罐、酸黄瓜罐、肉酱罐,统统由我负责……"

餐桌上,他们聊着学校里的各种事情,红酒让两个人越来越放松,互相开着玩笑的同时,他们都觉得有一种默契存在于彼此之间。吃完奶酪后,一阵沉默中,两人的眼神交织在一起,随即又分开,大家都有些尴尬。罗伯特觉得自己的心都快要跳出来了。克罗蒂娜则站起身来。

"我去拿甜品。"

罗伯特认为时机已经到来。他趁她去拿甜品的时候,走到大衣架边,把上衣口袋里的戒指盒拿了出来。然后,他把戒指盒放在克罗蒂娜的盘子后面,紧贴着红酒杯。刚坐回自己的位子,克罗蒂娜就拿着插着蛋卷的巧克力慕斯回来了。

"您喜欢巧克力慕斯吗?我在里面放了些小橘子皮……哦,这是什么?"

"一个惊喜。"罗伯特小声地说,"一个为您准备的惊喜。"

从那一刻开始,他觉得周围的一切似乎都变得缓慢了。她坐下来,推开自己面前的盘子,将手伸向那个小盒子。把外面的包装纸拆开后,克罗蒂娜立即认出这是个首饰盒。

"哦,罗伯特,您真疯狂……您真不应该……我可以打开它吗?"

他微笑着向她点点头。当然得打开。她轻轻地打开盒子,一枚钻石戒指静静地躺在里面的绸缎上。她仔细地观察了片刻后,看了看罗伯特,又看了看戒指,说:"它实在是……太美了……"

她把戒指放在自己的掌心,接着又用食指和拇指捏住,贴近了仔细地看。

接下来发生的事是罗伯特无论如何都预料不到的,而且令他这辈子都不会忘记。这一个月来,虽然戒指躺在橱柜里,可他已经想象到了当他把戒指送给克罗蒂娜时,所有可能会发生的情况,哪怕是最疯狂的,他都想象到了。比如说,克罗蒂娜感动得哭倒在他的怀里,对他说:"罗伯特,哦,罗伯特,我等这一天等了这么久……我实在是太幸福了……我爱您。"也有可能,她把戒指往他脸上扔过去:"老色狼,你心里想什么呢?!"他也想到了最坏的一种可能,就是她抽泣着对他说:"请您原谅我,我向您隐瞒了事实,实际上我已经结婚了,我有四个孩子……哦,我真恨我自己!"

但是,所有这些都没有降临到罗伯特的身上。当时的情况比这些都要简单得多,但是也恐怖得多。克罗蒂娜的脸突然变得惨白,她声音微弱地说:"可是……可是……可是我的名字不是克丽斯蒂娜……"

他们两个都愣了几秒钟没有反应。然后,慢慢地,她把戒指装进盒子里,递给了他。罗伯特接过盒子,仔细地看着那枚戒指。在指环的内侧,刻着小巧而秀气的一行字:罗伯特和克丽斯蒂娜。

"我……我搞不懂……"他支吾着说。

他的手开始发抖,浑身开始冒汗。

"我明白是怎么一回事了。"她咬着嘴唇说,"我理解一枚如此昂贵的订婚戒指,最好是能多用上几次……"

他觉得自己的胸口像是猛然被机枪扫射了一样。

"不是的,克罗蒂娜!不是这样的!我不可能……我跟您发誓……"

"别发誓!把这东西重新放回盒子里,然后再也别提这事!"

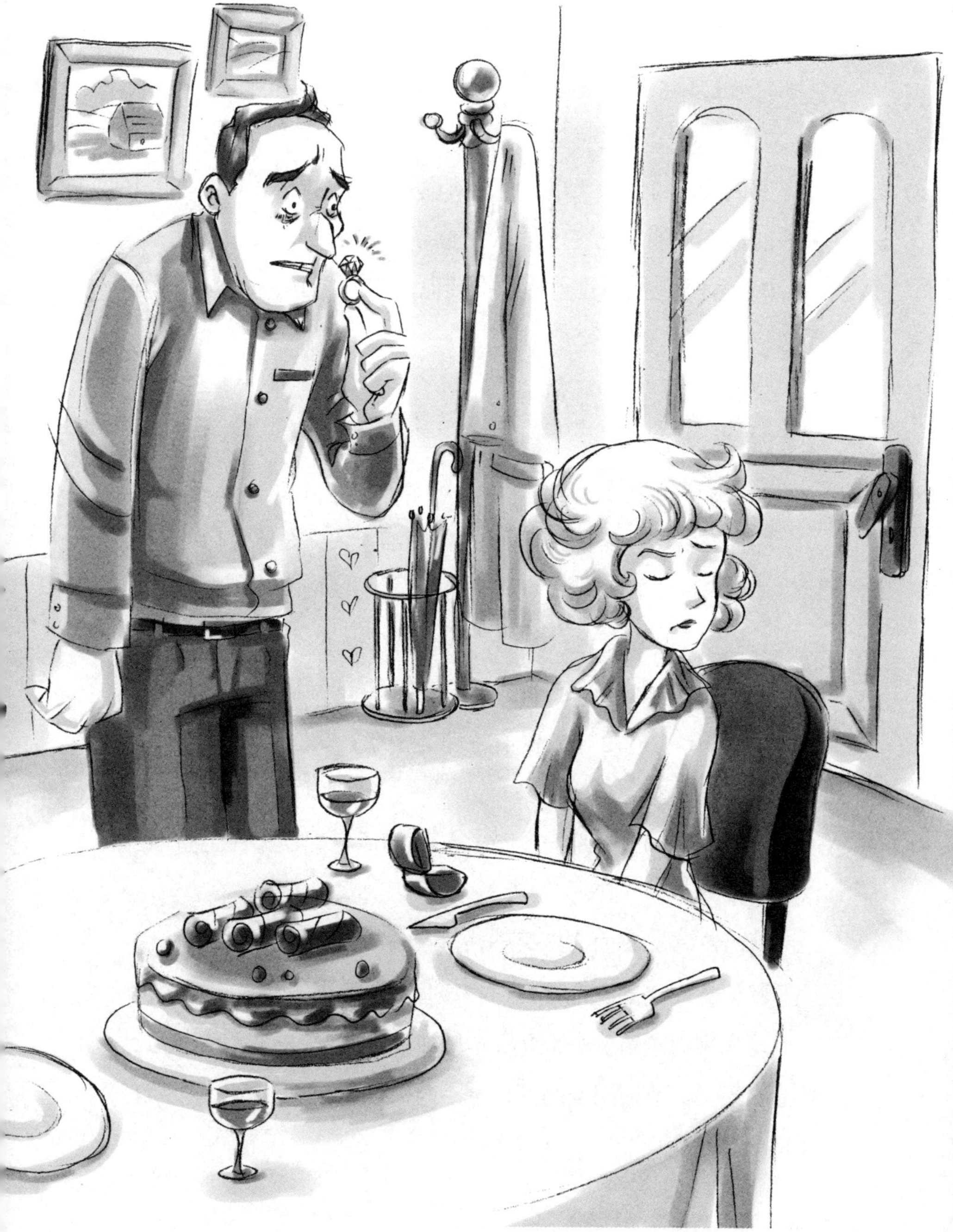

"但是,我根本就不认识什么克丽斯蒂娜呀!"

"我请求您不要再撒谎了!"

罗伯特气得手足无措。现在该说些什么?做些什么?如此不公平的指责让他完全丧失了思考能力。

"请吃!"她把巧克力慕斯推到他面前,"这个不值钱,尽情享受吧!"

"我没有胃口了。"他说。

"我也一样。"

两人陷入了沉默。

"是个错误,一定是搞错了。"他喃喃地说,"是珠宝店的巨大错误。"

"是的。"她冷冷地打断他,"的确是个错误,但不是珠宝店的错误。您把您的戒指都混在一起了吧。您的抽屉里有多少个戒指? 5个? 10个? 12个? 罗伯特和马蒂娜? 罗伯特和佛朗莎娃? 罗伯特和凯茜?"

她猛地站起身,把椅子都撞翻了,随后身影消失在卫生间门口。

"克罗蒂娜,我向您发誓……"

罗伯特失魂落魄地独自留在饭厅里。他机械地拿起调羹,往嘴里送巧克力慕斯。等他重新回过神儿的时候,慕斯差不多已经被他吃光了。他把调羹扔到地上。"我到底干了些什么? 我简直就是个神经病!"

克罗蒂娜回到饭厅的时候，眼睛红红的，她一定是在卫生间哭了很久。看着桌上被吃得差不多的慕斯和扔在地上的调羹，她没有发表任何评论。除了骗子和流氓，现在她一定还觉得他像头猪……

她一句话也没说，只是站在衣架边看着罗伯特。这意思再清楚不过了。于是，罗伯特走过去，拿下自己的外套。她替他打开门。

"再见了。"她说。

"再见。"罗伯特完全傻了。

下楼后，他先是找不到自己的小汽车，直到迷迷糊糊地走上家里的楼梯，他才想起来应该把妈妈教给他的话说给她听。于是，他又走下楼梯，按照原路返回。他按了十几次克罗蒂娜家的门铃都没有回应，于是他用力敲门："克罗蒂娜，开门……"

"我睡觉了。"她回答道。

两人星期一在学校撞见的时候，发现各自都有深深的黑眼圈。"这是因为失去爱。"他心想，"我们因为失去爱而疲倦。"

当她不得不跟他说话的时候，她居然第一次用了"你"。如果是在两天前，罗伯特一定会因为这样的亲密变化而高兴坏了。但是现在，情况完全相反。他明白，她不过是把他当成了一个普通同事，不多一分感情，也不少一分感情。她和所有人谈笑风生，而当罗伯特用恳求的眼神望向她时，她只是回应道："怎么了？你有什么事吗？"

第二天，他再次去了那家珠宝店。店员很惊讶他的来访。

"有什么问题吗，罗伯特先生？"

"没有，我只是想知道，是谁让你们在戒指上刻名字的？"

"不是您的侄女吗？那天在电话里……她打电话的时候您不是就在她的身边吗？是她让我们刻上名字的，有问题吗？"

"没有问题，只是我从来都没有过侄女。"

接下来的一个星期，克罗蒂娜都表现出惊人的坚强和冷淡，丝毫没有向罗伯特妥协的迹象。直到圣诞节假期后，罗伯特终于认识到，他们两个再也不可能和好如初了，永远也不可能了。星期天晚上，他一个人沿着河边走，这个地方他和她来过好几次。他忧伤地看着灰色的河水流淌。到底该把什么扔进河里呢？他那沉重的身体还是他满心的忧伤？或者，是那枚现在已经用不着的戒指？这时，他想起家中正等待着他的年迈的妈妈，也许她正在为他准备晚餐。好吧，非要在"大的"和"小的"里选择的话，他选择扔掉"小的"。于是，他把戒指远远地扔进水里，在它消失在水面之下前就大步地离开了。

根据罗伯特妈妈的推测，只有一种可能，那就是在罗伯特挑选戒指的那一天，有其他人在场。不然的话，还有谁会知道这个秘密？

"你有没有跟你熟悉的人说过这件事？"

"当然没有，妈妈。"

"当时只有你一个人和卖珠宝的店员在店里？有没有其他人

在场？天哪,快好好想想!"

他什么都不记得。似乎有个女顾客进来……是的,似乎有……

"她长什么样子？"

"我不记得了,我当时似乎有印象,我认识这人,我觉得……"

"你看,你看,慢慢就想起来了!仔细想!"

三个晚上过去了。第四个晚上,他从睡梦中惊醒过来。

奥德蕾·马赛克毛毛!

他从床上跳下来,冲进妈妈的房间。

"妈妈,妈妈,醒醒!我想起来了,是马赛克毛毛。"

"什么？谁？"老太太半睡半醒着说。

"那天走进珠宝店的女客人是马赛克毛毛!"

"是个女孩？"

"是的。"

"你班上的学生？"

"是的。"

"她叫什么名字,这个小孩儿？"

"奥德蕾……奥德蕾·马赛克毛毛。"

第十三章　奥德蕾·马赛克毛毛

11年后,奥德蕾·马赛克毛毛的名字排在了罗伯特复仇备忘录上的第三位。罗伯特永远都不会忘记这个可恶的小女孩,是她让自己这辈子都孤单一人。在"戒指风波"之后的几年中,罗伯特也想过去婚姻介绍所注册,但是他担心克罗蒂娜会和他有相同的念头。"按照我的倒霉运气,我敢肯定,第一次约会说不定就是和她……"他可不想再重复一次之前的糟糕经历。

"我前几天在电视上看见那个奥德蕾了!"吃午饭的时候,妈妈宣称。

"电视?她上电视做什么?难道是社会新闻?"

"不是,她唱歌来着。"

"唱歌?歌剧吗?"

"不是,一个娱乐节目,给那些十来岁的小孩儿看的无聊东西。"

"她在节目里报自己的姓了吗?"

"没有,只是报了名字,她说自己叫奥德蕾。"

"有点儿意思……很有点儿意思。"

罗伯特兴奋地搓着手。他还完全不知道自己会对年轻的奥德蕾做些什么,然而,即将展开的第三次报复行动已经让他兴高采烈了。前两次报复行动的巨大成功,让他和妈妈到现在还处在幸福的云端。仅仅用了一个月的时间,他就完成了两个报复计划,而且还完成得那么漂亮,那么完美。罗伯特的妈妈更是因此而重新找回了那丧失多年的青春与活力。

"也别太兴奋了,妈妈。"

"别为我担心,罗伯特。我感觉自己就像是重生了一样。我们这就开始下面的计划如何?"

老太太决定自己要更加积极地参与其中。她跑去报刊亭,回来的时候,手上捧着一堆花花绿绿的专给青少年读的杂志。

"看,罗伯特!我给你带资料回来了!这个小鬼现在居然很有名!"

奥德蕾在好几本杂志上都占据了封面的位置,里面还有好几页关于她的报道。从照片上看,她现在还非常年轻。

"她拍照片的时候一定把箍牙器取掉了。"罗伯特开玩笑地说。

"根本就不会唱歌的人,居然三天就变成明星了!"妈妈咒骂着说,"在我那个年代,那些歌星都是要熬很多年后才能够出名的。你听听今天这些小女孩唱歌,'咿咿呀呀'地对着话筒乱叫,简直跟踩鸡脖子一样!想当年,那完全是另外一回事……人家六个月赚的比你一辈子的还多……看,这里有一段她的采访,听好了。"

"我听着呢,妈妈。"

"奥德蕾的真实访谈。"妈妈开始念了起来。

"听上去不错……"

——奥德蕾,你知道"游戏"规则的:所有问题你都要给出真实的答案,只有一次"赦免权",让你可以拒绝回答一个问题。准备好了没有?

——准备好了。

——好的,现在开始。你歌手生涯中最美好的记忆是什么?

——第一张专辑的录制。

——最糟糕的记忆呢?

——目前为止还没有。

"会有的,别着急,我的小可爱……"罗伯特评论道,"继续,妈妈。"

——你目前有什么计划?

——录制第二张专辑。

——你最喜欢的颜色是什么?

——蓝色。
——你有哪些兴趣爱好?
——坐在电视机前吃零食,跟朋友们出去逛街,还有和我的弟弟一起玩。

"是吗,我还以为你的兴趣爱好是天文和歌剧呢。"罗伯特嘲笑道。

——你有男朋友吗?
——有的。
——他叫什么名字?
——布兰多。
——你的姓是什么?
——拒绝回答。

罗伯特大笑起来:"我理解,我完全理解!作为一个明星,有'马赛克毛毛'这样的姓,可不是件容易的事。"

接着,罗伯特看到另一本杂志上有两页关于她的介绍。

"听好了,妈妈。'名字,奥德蕾;身高,1.65米;体重,53公斤;眼睛颜色,天蓝色;头发颜色,浅棕色;昵称,嘟嘟;姓,保密'!我敢肯定,她完全不想让别人知道自己姓'马赛克毛毛'!"

第二天,两人买来了这位小歌星的唱片,喝咖啡的时候,客厅里就放着小歌星的歌。

"想象一下，要是你爸爸听见这玩意儿……"妈妈叹了口气说，"你还记得他那时候总在车间里听那些大师的作品吧？"

他们觉得歌词写得很烂，曲调更是令人难以忍受。

"而且这些歌词都不知道是在说什么！"罗伯特浏览着歌词，"听好，妈妈。"

如何解释那时间积淀的奥秘，

孩子们千百年来不变的秘密？

我看着生命流淌在你那脆弱的身体，

没有人知道为什么，

你为何如此，

如此……

然而每一天，

我都爱你更多一些，

因为一切，

变得匆匆，

匆匆……

"这是谁给她写的？乱七八糟的。"妈妈说。

"她自己写的，歌词和曲子都是她自己写的！"

"怪不得！"

罗伯特的二次报复行动

接下来的几天,在仔细考虑后,罗伯特和妈妈一致认为,报复奥德蕾最好的方法,就是向公众揭露她的姓。而现在需要计划的是用哪种方法最为"残忍"和有效。10月初的时候,又是一次偶然事件给罗伯特的报复行动提供了机会。小城里到处都张贴着巨大的海报:奥德蕾音乐会,11月17日。

罗伯特妈妈认为,这场在附近某个大城市举办的音乐会是向奥德蕾的粉丝们揭露他们偶像真实姓名的最佳时机。他们立即就打了咨询电话。客服告诉他们现在还有位子,不过得抓紧时间购买。于是,当天下午,罗伯特在一家大型唱片店的柜台前和近百个小女生一起排队买票。这些小女生要么有父母陪着,要么有祖父母在场。排在他前面的一个60多岁的男人转过身来,笑着说:"我是来为我孙女买票的,她今年8岁……您也是吗?"

罗伯特很想回答他说:"不是的,我是来为我妈妈买票的,她今年88岁!"不过他还是忍住了。他觉得最好还是不要引起大家的注意。

罗伯特的妈妈建议儿子最好事先去奥德蕾开音乐会的场地打探一下,她认为,熟悉地形有利于"战略"的部署。而要事先了解场地,只需要买一张其他音乐会的入场券就可以了。在奥德蕾的音乐会前,只剩下一场重金属摇滚乐队的演出。

"我估计去听音乐会的都是些年轻人。"妈妈对他说,"我要是你,绝不会穿这件老气的衬衫。不如穿那件绿色的运动衫,看上去比较年轻。"

在接受了妈妈的建议后,罗伯特在周六晚上,开着他的小破车去听摇滚音乐会了。他在凌晨一点回到家,看上去精神不怎么样。

"如何?"妈妈穿着睡衣,站在走廊里问。

"啊?什么?"罗伯特大声喊着回答。

妈妈吓了一大跳。

"你发疯了,这么大声!你这是准备把整栋楼的人都吵醒还是怎么着?你怎么了?"

"对不起。"罗伯特把嗓音放低了点说,"我一晚上都坐在扬声器边上……耳朵都快被震聋了……我现在什么都听不见。睡觉去了,晚安。"

接下来的三天里,他只要一开口说话,必然大喊大叫。为了跟他对话,妈妈得跟他保持四五米的距离。不过,他的摇滚之夜倒是没有白过。

"你看,妈妈,"他边说边在纸上画着,"这是音乐厅,我当时大概坐在这个位置。这里是卫生间,去卫生间必然要经过这道走廊。我发现走廊楼梯口的墙壁上写着'禁止入内',我就走了上去,想看看上面到底是什么。原来,这个楼梯通往一条通道,我猜是音效技术控制区域,在那里,你可以控制整个音乐厅……"

"然后呢?"妈妈问。

"然后嘛,"罗伯特继续大声地说,"想象一下,我们从那里向观众们撒下成百上千张的小纸片,上面写着……"

罗伯特无比满足地想象着这一幕：小纸片从天而降，纷纷掉在观众们的头上、肩膀上，人们用手抓住纸片，然后看得目瞪口呆。"马赛克毛毛！你看见没有？她原来姓马赛克毛毛呀！"于是人们先是窃笑，渐渐地变成捧腹大笑。最后，令这一幕锦上添花的是奥德蕾完全不明白台下发生了什么事，便停止了歌唱，也抓住一片正在飞的纸片，然后边读边抽泣起来："哦，混蛋！都是些混蛋！"在这个时候，罗伯特就站在舞台下面朝她大喊："这是罗伯特和克罗蒂娜送给你的礼物！你还记得吗，马赛克毛毛小姐？"然后，在大家发现他之前，他就已经逃之夭夭了。

罗伯特和妈妈花了不少时间来决定到底要在纸片上写些什么，内容必须要短小而恶毒。最后，他们决定采用最简洁的方式。罗伯特在电脑上打下要印在小纸条上的话，接着在同一页文档上粘贴了六十多遍同样的内容，然后到楼下的复印店打印了一百多份。晚上吃完晚餐后，罗伯特和妈妈拿着剪刀，愉快地把它们全部剪成了小纸片。10点钟的时候，他们总共得到了六千多张小纸片。而这六千多张小纸片上全部都写着同样的内容：

名：奥德蕾

姓：……马赛克毛毛！

你们知道吗？

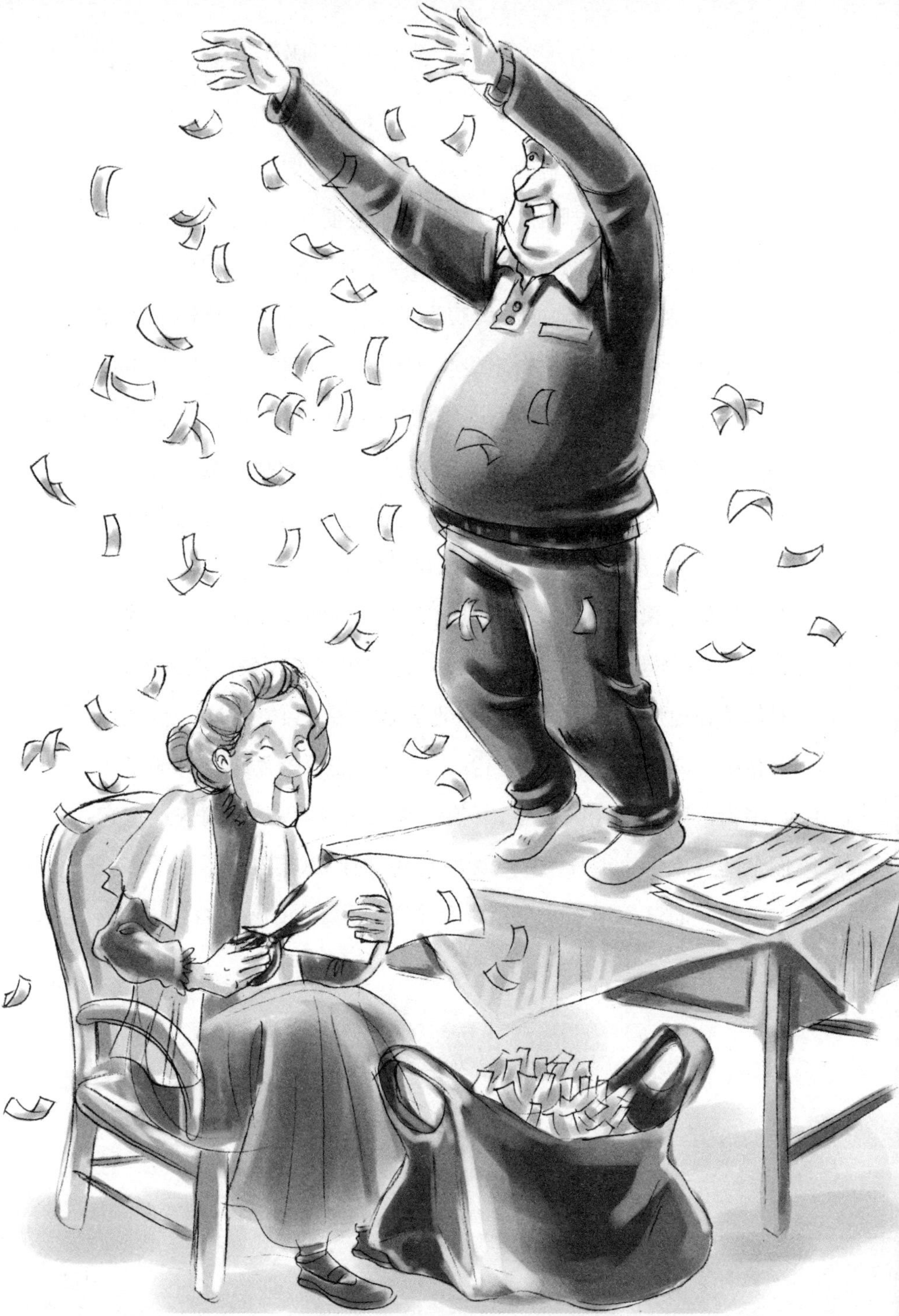

第十四章　第三次报复行动

人群中，罗伯特和妈妈的脑袋高出所有人。尽管他们两个故意弯下身子，努力让自己不那么引人注目，但大家还是纷纷回过头去看他们。在入口处，工作人员建议他们把大衣寄存在衣帽间，因为音乐会现场会比较热。

"我们还是把大衣留在身边比较好！"罗伯特回答说，"我妈妈和我都比较怕冷。"

罗伯特的腰带上挂着 15 个塑料小包，里面塞满了用来复仇的小纸片。而妈妈也在腰上系了同样多的"复仇小包"。当工作人员用奇怪的眼神看着他们的时候，他们自然无从解释。他们选择挨着走廊的位置坐下，这样，等时机一到，他们就能随时开溜。

在位置上坐好后，他们立刻意识到自己出现在这群观众中有多么奇怪。现场几乎全都是 8 到 10 岁的小女孩，有父母在一旁陪伴着。一位领座员尝试着向他们兜售音乐会的曲目单，里面有当晚演唱歌曲的歌词。

"我们已经听过这些歌了！"罗伯特妈妈说，"我们家有她的唱片！"

音乐厅很快就被挤得满满当当的。乐队连一个音符都还没开始演奏，那一双双手臂已经高高举起，大家无比热情地喊着："奥德蕾！奥德蕾！"接下来，舞台亮起，观众尖叫起来。首先出场的是乐队成员，第一个是贝斯手，接着是主吉他手、第二吉他手。每多一个成员出场，观众喊叫的分贝就高几分。乐队成员亮相完毕后，负责和声的歌手和舞蹈演员也依次出场。最后，一个苗条的身影慢慢地从右边楼梯走下来。是奥德蕾！一百多位小观众从自己的座位上站起来，朝舞台跑过去，同时发出近乎歇斯底里般的叫喊。音乐厅里的所有大人也都站了起来，只有罗伯特和他妈妈例外，两人难以置信地注视着眼前这一幕。

坐在他们旁边的一个9岁小女孩，因为亲眼见到了奥德蕾，紧张又激动地死死抓住妈妈的手臂。

"是她吗，妈妈？那个真的是奥德蕾吗？"

"当然是她！"

小女孩眼睛睁得大大的，罗伯特看到她的下巴在颤抖，眼泪顺着脸颊流了下来。罗伯特对此完全无法理解。第一首歌引来了全场观众的大合唱，后面每一首歌都是如此。

"拜托您把头低下，先生！"后面的小孩儿叫道，"我们都看不见奥德蕾了！"

罗伯特只得把自己的身体弯得更靠前。随着演出的进行，穿着大衣的他热得大汗淋漓。没多久,妈妈就用胳膊轻轻地碰了他一下。

"罗伯特,我想小便……"

他们两个互相使了个眼色,从座位上悄悄地站了起来,从一个紧急出口走到一条宽阔的走廊上。

"我那天不坐在这一边,我们得绕个圈。"罗伯特说着,迈开长腿,"你跟得上吗,妈妈?"

两人走得如此之快,以至于三分钟后,他们又重新回到了出发时的走廊。

"你一定是搞错了,罗伯特……"妈妈喘着粗气,说,"我根本就没看见什么楼梯……"

两人又绕了一圈,还是在原地打转。于是,罗伯特无视面前"闲人免入"的牌子,带着妈妈走进一条狭窄的走廊。他们一连走过十几间房门紧闭的房间。

"我估计这些是演员的化妆室。"

"是的,罗伯特。这下我们是真的迷路了……"

走廊里一个能打听一下方向的人都没有,他们两个就继续胡乱地往前走。走廊最深处的一扇门,此时倒是虚掩着。

"看,妈妈,里面说不定有人……我们可以试着敲敲看。"

两人越是走近那扇门,音乐会现场的声音越是清晰,似乎音乐会正在这间房里直播似的。走到门前时,两人都愣住了。门上的卡片上写着:奥德蕾。

"这是她的化妆室！"妈妈喃喃地说，"不过里面好像有人……"

老太太出于好奇，抻长了脖子想从门缝里看个究竟。罗伯特从后面扶着她的腰，感觉到妈妈突然哆嗦了一下。只见她把头缩回来，往后退了好几步。

"罗伯特，那里面！那里面有个……"

她嘴唇颤抖着，结结巴巴地说不出话来。

"怎么了，妈妈？"

"那……那里面……有个外星人在看电视。"

"你在说什么呀？"

于是轮到罗伯特亲自出马。他谨慎地把脑袋往门内探，只见化妆室里宽敞明亮，摆着张米白色的皮沙发，茶几上有一大捆巨大的红玫瑰，靠着墙的是一排演员专用的化妆镜，装着照明灯，角落里还有台电视机，正在播放音乐会的实况。

罗伯特看到了那个矮小孱弱的人，他头戴一顶蓝色的棒球帽，坐在椅子上，一动不动地盯着电视机。他的外表和妈妈说的一样，像极了科幻电影里的外星人，大大的脑袋和小小的身体惊人地不成比例，一双耳朵很凸出，手臂上的皮肤惨白而松弛。

"看见没有？"妈妈压低了嗓门儿问，"那是不是外星人？"

"早衰综合……"罗伯特小声地说。

"你说什么？他叫什么名字？你认识他？"

"不是，妈妈，我说他得的是早衰综合征。这是一种非常非常稀少的基因病,只有八百万分之一的得病概率……"

"哦,这可怜的小老头儿……"

"这不是个老头儿,妈妈,是个小孩儿,得这种病最多只能活13年。"

"太恐怖了……让我再看看。"

于是她又把头探了过去。透过镜子,他们看清了他那鸟嘴似的鼻子、下凹到几乎看不见的下巴、非常非常薄的嘴唇,以及他那和骨头紧紧贴在一起的皮肤。两人震惊得呆立在原地,而那个小孩儿则一直在看电视。

"快走吧,罗伯特。他会从镜子里看见我们的……"

妈妈的话音未落,那张脸的主人就从镜子里看到了他们。他转过来,朝他们微笑。

"你们好,请进。"

"哦,我们并不想打扰你的。"罗伯特说。然而此时此刻,他们既不敢掉头就走,也不敢放心地走进房间,不知该如何是好。

"我是奥德蕾的弟弟。她唱得很好,是不是?"

"哦,是的,是的,她唱得非常好。"罗伯特和妈妈一起回答着。他们都为自己的回答是如此真诚而感到惊奇。

"我坐在这里看,是因为我不能去现场……如果有人挤到我,我就会骨裂,腿、脚和腰这里……而且这些受伤的地方都不会康复……会很疼……你们可以靠近些看我的姐姐。"

于是,罗伯特和妈妈走近屏幕。奥德蕾此时正被十几个舞蹈

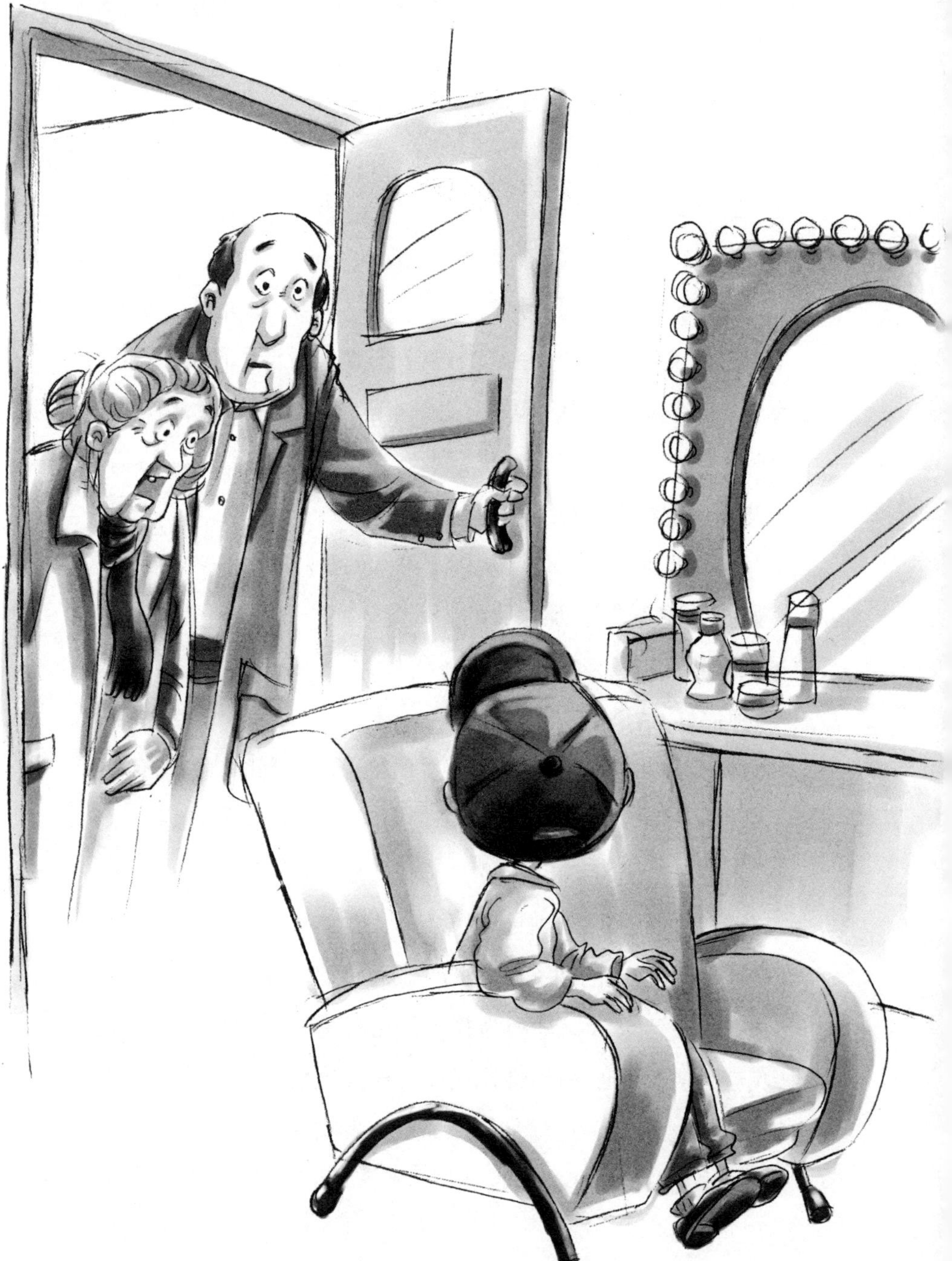

演员包围着,在舞台上激情地舞动着,充满了青春的活力。观众们此时早就已经沸腾了。

要行动,
不能把脚永远停留在同一只木鞋上。
要梦想,
…………

"她的舞也跳得很棒,是不是?"

"是的,很棒……"

"我的姐姐是最好的。"

"是的,她是最好的。"

他既没有头发,也没有眼睫毛和眉毛,头上的棒球帽遮掩着苍白的、光秃秃的脑袋。

"再有两首,就是我的歌了。"

"什么?"

"再唱两首,就是她写给我的歌。你们留下和我一起听吗?"

"不了,谢谢。"罗伯特说,"我们得回自己的座位去。再见。"

"再见,先生女士。""小老头儿"说完,又继续聚精会神地盯着屏幕看。

两人漫无目的地在走廊里走着。罗伯特的妈妈因为刚才所看到的,心里感到很难过。

"他们怎么不给他治病……"

"这种病无法治愈的,妈妈,没有任何一种治疗手段可以让他康复。他从一出生,就开始加速衰老。"

"天哪!这是什么原因呢?"

"不知道,病因一直不明。"

两人没有目的地乱走,却意外地走到了他们一开始就寻找的楼梯口。于是他们迅速地爬上楼梯,又回到了嘈杂的音乐会现场。两人走过一条金属通道,来到整间音乐厅的最高处。舞台灯光正打在所有演员和观众的身上,现场的气氛几乎接近疯狂的巅峰。

"要快!"罗伯特说,"会有人发现我们的。"

他们差点儿就忘记了跑到这个地方来的最初目的是什么。在半明半暗的通道里,两人动作迅速地把所有小包里的纸片统统往一个大的垃圾袋里倒。在他们离开前,得把这六千张纸片全部撒下去。把纸片全部倒进大垃圾袋后,罗伯特准备要行动了。

"空调的风扇就在下面。"妈妈说,"那些风扇会把纸片吹下去的。"

就在这个时候,舞台的所有灯光都熄灭了,只余一盏脚灯,由下至上地打在奥德蕾的身上。接着,音乐声响起,全场都安静了下来。奥德蕾轻声歌唱,那歌声是如此清晰,让人觉得她就在你的耳边低语着。

如何解释那时间积淀的奥秘,
孩子们千百年来不变的秘密?

罗伯特和妈妈听呆了。
"那是她给他写的歌……"老太太说。
"是的。"

我看着生命流淌在你那脆弱的身体,
没有人知道为什么,
你为何如此,
如此……

"你等什么呢?"老太太生气了,"快!"
他把大垃圾袋在通道里放平,然后拿起来。
"快,快!快把纸往下撒,罗伯特!"
他深深吸了口气,可是才抬起来的手又放下了。
"我下不了手,妈妈……"
"给我!"
她拿起口袋摇了摇,准备撒纸片。

然而每一天,
我都爱你更多一些,

因为一切，
变得匆匆，
匆匆……

"妈妈？"
"我也下不了手……"

时间一点一点流淌，
我想让它停留，
我想喊叫。
是你慰藉我，
是你让我欢笑，
是你擦干我的泪水。
于是我为生命歌唱，
为了配得上你，
为了你为我骄傲。
没有人知道，
你为何如此，
如此……
然而每一天，
我都爱你更多一些，
因为一切，

> 变得匆匆，
>
> 匆匆……

一曲完毕，场内掌声雷动。接着，乐队和歌手没有换场，立即又开始表演下一首歌。

"你觉得这首歌怎么样？"罗伯特问。

"稍微有点儿做作。"老太太说，"不过，很动人。尤其是我们现在知道了……"她一边说着，一边从口袋里拿出手绢擦眼睛。

"你觉得呢？"

"跟你一样……"罗伯特低声说，为自己流露出的感情而觉得很尴尬。现在该怎么办呢？

两人一致决定扔下大垃圾袋，放弃他们的报复计划。从楼梯走下来以后，这一次，他们运气很好，一下子就找到了音乐厅的入口和他们的座位。

"哦，这两个人又回来了！"坐在他们后面的小观众抱怨说。不过，他们两个一直到演出结束都低低地弯着腰，后面的观众们也就没有再抱怨。

奥德蕾在观众的要求下加唱了两首歌后就退场了。退场前，她朝观众们飞吻，跟台下的女孩说她爱她们。台下的女孩们也向她回以飞吻，大喊她们也爱她。然后，音乐会就结束了。

罗伯特和妈妈刚走出音乐厅，就听到有人在后面喊道："先生！请等一下！您是罗伯德先生吗？"

131

罗伯特觉得自己的胃都绞在一起了。完了,他被人发现了!他就知道总有一次会被人发现!是不是有人在通道里发现了那个大垃圾袋?不过他还是很吃惊,他们居然知道他的名字。怎么办?他想趁着人多赶快逃跑,但是妈妈一定跟不上他。于是,他只能转过身去。

"您有什么事吗?"

这个穿着T恤衫的年轻男人看上去倒是没有恶意。

"您是罗伯德先生吗?"

"罗伯特。"他纠正道。

"奥德蕾想见您,她正在化妆室等您。我领您去。"

第十五章　11年后的见面

他们逆着人流的方向往回走。大厅的入口处,两三百个小女孩等在那里,手里拿着笔和本子,期待着能得到奥德蕾的签名。年轻男人领着他们头也不回地往前走,先是经过左边的一扇门,然后顺着走廊继续前进。罗伯特和妈妈紧紧地跟在他后面。

"她为什么要见你?"

"不知道,妈妈……"

终于走到了那条长长的演员化妆室的走廊,走廊里此时充满了喧闹声。乐队成员、舞蹈演员和和声歌手们聊天儿的聊天儿,说笑的说笑。

"最里面那间。"年轻男人用手指着对他们说。

罗伯特差点儿不经思考地回答"我知道是那一间"。而他随即也意识到,等下奥德蕾的弟弟肯定会认出他们,他得想想怎么解释自己和妈妈在演出时跑到化妆室来溜达这回事。没时间多考虑,年轻男人已经在门上敲了好几下。

"奥德蕾！我把你要找的这位先生带来了！"

奥德蕾明艳照人地出现在他们眼前,身上穿着绿色的浴袍。她一定是刚洗完澡,头发湿漉漉地披在肩上。

"哦,罗伯特老师,见到您我真是太高兴了!快请进!夫人,您也请进!"

他们走进化妆室后,立即就松了口气。奥德蕾的弟弟不在这里,那张椅子上空空如也。奥德蕾则以为,除了这位老太太,还有罗伯特的孩子和他一起来看演出。

"孩子们在哪里?您……您难道是一个人?"

"是的……"罗伯特有点儿尴尬地说,"以我这个年纪,确实有点儿奇怪,是不是?"

妈妈赶紧上前解围。

"我是他的妈妈,我们有您所有的唱片,小姐,我们很喜欢您的音乐。"

奥德蕾于是对她灿烂地一笑。

"真的?我所有的唱片您都有?可是我只出过一张唱片。不过还是要谢谢你们,这让我很感动。通常人们都认为只有10岁的小女孩才喜欢听我唱歌。你们看,你们就是最好的证明!快请坐,你们要喝点什么吗?我这里有果汁,还有香槟酒……"

他们一人要了一杯果汁。

"您是怎么认出我的?"罗伯特问。

"是在音乐会的时候,音乐厅里的灯光很亮,而您又非常高……当我认出是您的时候,我非常感动。我们有 10 年没有见面了吧?"

"11 年。"罗伯特精确地回答,"11 年前您在上四年级……"

"是的,四年级……您现在还是四年级的老师吗?"

"我刚刚退休。我的教学生涯结束了,你们的事业也都纷纷开始了。"

"是的。"

他们都由衷地笑起来。这时候,工作人员把一些激动的小观众带进了化妆室,奥德蕾微笑着给她们一一签名,没有一丝不耐烦。

"我喜欢孩子。"那些小孩儿离开后,她对他们说。

"看起来她们让您很愉快。"老太太说。

奥德蕾同他们继续聊着天儿,她向他们讲述自己那些累人的巡回演出、录音,那些没完没了的电台和电视采访,那些如雪片一般的听众来信。但是,她对自己的弟弟只字未提。

"您呢?"她突然问罗伯特,"您现在都做些什么?"

"哦,我……我看看书……到处走走……"

"不管怎么说,"她总结道,"今天能见到您,我真的非常非常高兴,您是个……好老师……"

罗伯特觉得自己的嗓子有些发干。"好老师",他知道自己从来都算不上是一个好老师。

奥德蕾站起来。

"很抱歉,我得和所有工作人员一起去餐厅了……"

"您这个时候才吃晚餐?"老太太很惊讶地问。

"您也看见了……我们的生活非常没有规律。"

她陪他们走到门口,和他们握了手后说:"我会把下一张专辑寄给您的,夫人!"

"谢谢了!我热切期待。"

"如果明年还来这里开音乐会,我也会送入场券给你们!"

"谢谢!"

就在他们即将消失在走廊尽头的时候,她突然大喊道:"罗伯特老师!"

他转过身。

"什么事?"

她站在那里,既不出声,也不向他走来。于是罗伯特又走了回去。当他走到她面前的时候,两个人的身高差让她看上去还像个小女孩一样。她抬起头看着他,罗伯特发现她的眼眶红了。

"怎么了?"罗伯特问。

"我,我有些事情想跟您说……"她吞吞吐吐的,"您知道那枚戒指的事……其实我刚才想见您就是为了这件事,可我不敢当着您的面说……"

罗伯特不知道自己这时候该说什么好。

"我真抱歉……我那个时候是个不懂事的小孩儿……我完全没有意识到……我一定给您造成了很多痛苦……"

一群年轻人从他们身边走过。

"你还不来,奥德蕾,我们要走了。"

"马上来。"

她等他们走远些又重新开口:"您知道,这件事我一直忘不掉。我真的很后悔,当初不该干这件事。我从来也没有跟人说过。您呢?请您说点什么吧。"

"我也从来没有跟别人说过。"罗伯特严肃地回答,"当然我的妈妈除外。那是我们之间的秘密。每个人都有自己的秘密,不是吗?"

她点了点头。

罗伯特继续说道:"我很喜欢您的那首歌,就是只有钢琴伴奏的那首。"

这次,奥德蕾的眼睛里噙满了泪水。

"那是写给我弟弟的……他只有9岁……他得了一种病。"

"我知道。"罗伯特说,"我听说了。"

她看上去很吃惊。这时候,走廊那一头儿的年轻人又在叫她了。

"奥德蕾,你到底来不来?"

他们僵持了几分钟后,奥德蕾打破了沉默。

"关于那枚戒指,我知道现在做什么都太晚了,所以……所以我想问您,您是不是能够……"

奥德蕾等待的那四个字,罗伯特不由自主地说了出来。

"我原谅你。"

"真的？您真的原谅我？"

"真的,快去吧,不然饭菜就都凉了……"

他意识到自己以"你"称呼她,好像她又变成了当年那个四年级的小学生一样。

"谢谢。我可以亲亲您吗？"

他弯下腰,她在他的脸颊上亲了两下。

"我永远都不会忘记您,罗伯特老师。您是个好老师,还是个好人。"

她回到自己的化妆室,关上了门。罗伯特则重新走回妈妈的身边。老太太已经等得有些不耐烦了。

"她到底想怎么样,罗伯特？"

"你都看见了,她想亲我一下。"

"就亲一下得磨蹭这么半天？"

"是的,可不是人人想亲我就能亲的……"

穿过停车场的时候,老太太突然停了下来。

"罗伯特,我们真是两个傻瓜！"

"为什么？"

"我们连个签名都没问她要。"

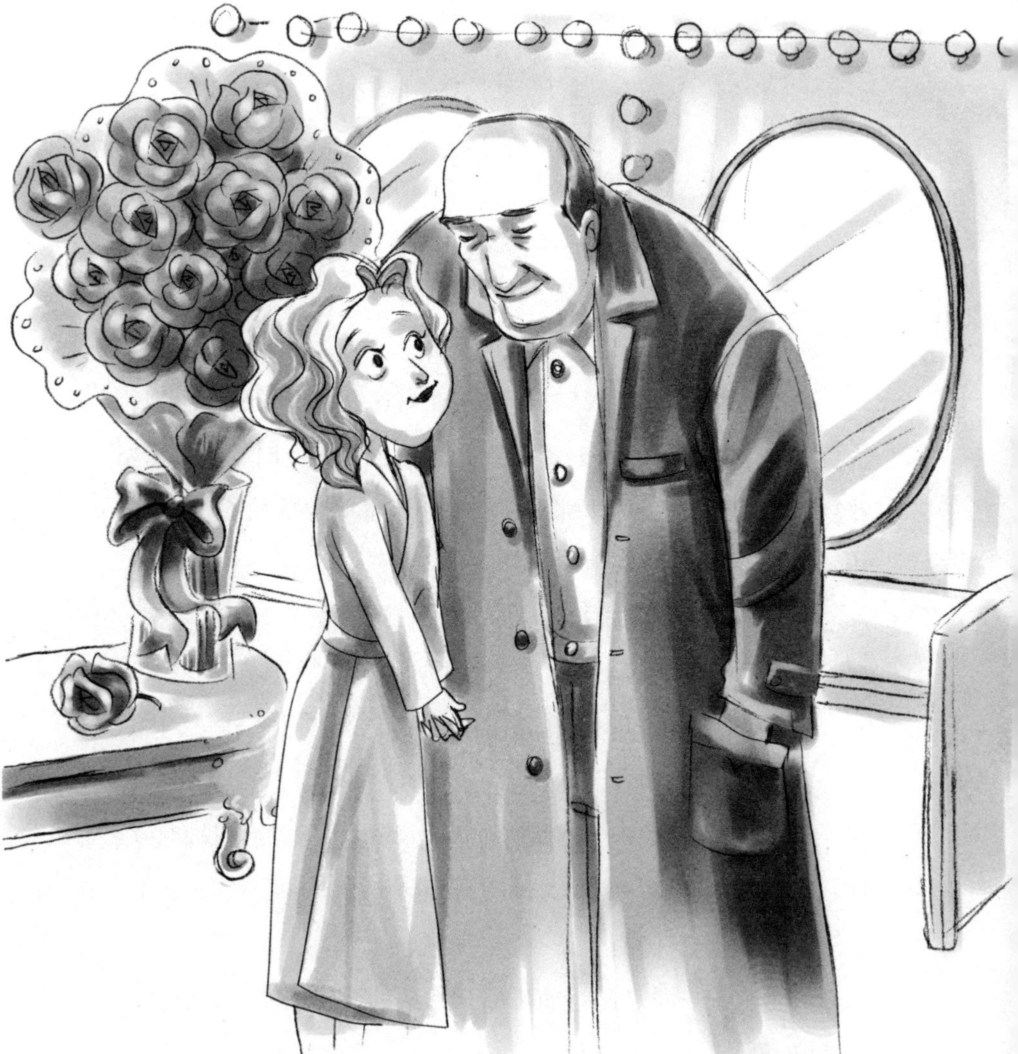

尾 声

回家的路上,罗伯特的小破车在高速公路上畅通无阻地行驶着。清朗的夜空中点缀着闪亮的星星。罗伯特此时觉得心情格外舒畅,他觉得自己那积郁多年的愤怒被彻底地抚平了。他不但和全世界讲和了,更和他自己休战了。

"你睡着了吗,妈妈?"

老太太闭着眼睛。

"没有,罗伯特,我没有睡着。"

"你在想什么呢?"

"我在想你的爸爸。他以前总是说,等他退休以后,我们去旅行。结果他丢下我,一个人旅行去了……"

"你想不想我们两个人一起去旅行?"

"为什么不呢?'要行动',那个女孩的歌里说了,'不能把脚永远停留在同一只木鞋上'。"

"'要梦想'……"罗伯特接上下面的歌词。于是两人一起唱了起来,他们现在对奥德蕾的那些歌可以说是倒背如流了。

"你想去哪里呢?"他问。

"我不知道。也许去贝里格。"

"去看那里的风景吗?"

"是的,罗伯特,还要去吃那儿的鹅肝。"

第二天,罗伯特在黎明时分就醒了过来。妈妈还在睡觉。他穿着睡衣,轻轻溜进自己的书房,从抽屉里拿出自己的复仇备忘录,把本子撕了个粉碎,然后扔进了垃圾桶。接着,他爬上凳子,从书架顶上拿下那些小学生的毕业照,再在唱机里放上奥德蕾的唱片,然后坐到书桌前,调整到一个舒适的坐姿,翻看起那37张毕业照来。他总共教了一千多个学生,高的矮的,胖的瘦的,男孩女孩,好学生坏学生……他看着那一千多张微笑的脸,这些学生他一个都没有忘记过。现在他觉得,这些笑脸并不像他先前觉得的那样,是在嘲笑他,恰恰相反,他们看上去都友好而真诚,像是异口同声地在对他说:

"祝您退休愉快,罗伯特老师!"

译后记

那一抹天真狡黠的微笑

梅思繁

2008年的夏天,新蕾出版社邀请我翻译一本法国儿童小说,小说的名字叫《罗伯特的三次报复行动》。这是一个关于老师如何去报复他的捣蛋学生们的故事,明亮诙谐,幽默灵动,让当时正在读研究生、成日面对艰深古典文学的我,读得捧腹大笑。写小说的人叫让-克劳德·穆莱瓦。法语原版书的封底印有一张他的照片,灰色的头发,含蓄的微笑,而抓住我的正是那笑容里闪现出来的狡黠与天真。那是一种调皮与温情共存的狡黠,犀利中透着纯真。

翻译完《罗伯特的三次报复行动》之后,我一直关注着穆莱瓦的作品。他以一年一部小说的节奏,不紧不慢却又兢兢业业地精心创作着。从《罗伯特的三次报复行动》童话式的轻松叙述,到《冬日斗争》(Le Combat d'Hiver)反乌托邦小说的深沉力量,再到混合着侦探与冒险元素的《刺猬杰弗逊和一桩悬案》,穆莱瓦的作品主题多元,每一部都力求探索新的叙述形式与故事类型。从2011年开始,让-克劳德·穆莱瓦连续十年入围瑞典政府主办的林格伦纪念奖的候选名单。每次国际书展上,人们也总是能看到他带有狡黠微笑的照片被悬挂在法国出版商的展台前。

2021年4月初的瑞典斯德哥尔摩,北欧漫长的冬季与日益严峻的新冠疫情,让这一年的斯德哥尔摩的天空显得格外灰暗。然而,在一片阴郁之中,某一天,让-克劳德·穆莱瓦那些有些调皮的笑容飞扬在了瑞典首都的一条条街道上——他成了第一个获得林格伦纪念奖的法国儿童文学作家。他眼神里那来自童心的狡黠,与斯德哥尔摩城市里四处可见的林格伦的俏皮微笑一起,点亮了等待春天到来的北国人们的心。

让-克劳德·穆莱瓦1952年出生在法国中部一个普通的磨坊主家庭。爸爸每天把磨好的面粉卖给面包房,妈妈在家里照顾六个孩子。穆莱瓦排行第五,从小就是个快乐、明亮又优秀的小孩儿。70年代,穆莱瓦先后求学于法国的斯特拉斯堡、图卢兹、巴黎,德国的斯图加特、波恩。在取得法国国家中学教师(德语专业)的资格证以后,他先后在德法两国当了将近十年的德语教师。这十年的教师生涯给了他与儿童们近距离接触的机会。

80年代中,穆莱瓦迷上了戏剧。他放下了教师的工作,跑到巴黎学习戏剧。他创作了给孩子们看的小丑戏剧角色,还跟一群伙伴成立了一个剧团。他们演莎士比亚,演布莱希特的名篇,也演孩子们热爱的《穿靴子的猫》。舞台与戏剧是穆莱瓦走向创作与讲述的第一步。

1997年,35岁的前德语教师穆莱瓦创作了人生中第一本书,一本并不引人瞩目的绘本故事。从此,他的职业作家生涯就在看似平淡的开端中,逐渐壮阔地铺展开来。十七部儿童小说,两次法国女巫儿童文学奖,三次比利时贝纳尔·维塞勒文学奖,再到林格伦纪念奖的终身殊荣……故事在穆莱瓦的笔下越来越丰富多彩,叙述技巧也越来越老辣,唯一从未改变过的,是他那字里行间的诙谐俏皮,以及他眼神中透露出的永恒童心。

《罗伯特的三次报复行动》不是穆莱瓦职业作家生涯中叙述技巧最纯熟的作品，也不一定是内容最深厚的小说，但却是最能代表他文学风格的作品。一个一辈子被各种各样的捣蛋小孩儿捉弄得苦不堪言、怨气冲天的小学老师罗伯特，在他退休离开教师岗位的这一天，决定要去报复那些当初整得他惨不忍睹的"坏"小孩儿们！在第一次报复行动和第二次报复行动中，穆莱瓦将小孩儿们当初无法无天地捉弄罗伯特的情节，与今日罗伯特毫无顾忌地去报复长大了的学生们的行动，用绘声绘色的语言一一对应地、巧妙地展现了出来。正当罗伯特陶醉在他完美无瑕的第三次报复行动的计划里的时候，他竟然与当年的"坏"小孩儿面对面地相遇了。调皮不知轻重的小女孩变成了有责任感、知晓人生痛苦的成熟女性。高大的、懦弱的、心中存着怨气的罗伯特，在面对来自她的真诚道歉时，在面对生命的脆弱与坚韧时，他心中的一切怨恨责怪都烟消云散了。一生讨厌小孩儿的罗伯特，最终选择了宽容与原谅，因为童年的纯真一去不复返，因为人生的岁月，转瞬即逝地匆匆。

穆莱瓦用小说的外壳，书写了一个童话寓言故事，用荒诞的小丑喜剧式的人物，呈现了一个动人的老师形象。他用充满戏剧性的叙述节奏勾勒了童年的面孔，以及他对人生的犀利观察，而这一切又都是在诙谐轻松与毫不费力中进行的。

让-克劳德·穆莱瓦与林格伦、卡洛迪，还有很多其他懂得如何给儿童讲故事的作者一样，他们的眼睛里、笔尖下常常流淌着那份天真狡黠，因为它会允许他们永远离童年很近，因为它会让他们总是懂得童心。

书评

献词中写明：
这是一幕戏剧

梅子涵

女儿翻译了这本小说。我快乐地阅读着她的译文，也快乐地阅读着这个特别的故事。这个法国的罗伯特，这个法国的小学老师，日子过得真是有些荒诞，有些分外费劲了。写这个故事的作家，他一定是想把最让人受不了的童年恶作剧统统施加给罗伯特一个人，让他一个人代替所有小学老师经受，然后让他一个人代替所有老师报复。

37个学年，我们的这位罗伯特忍受了，度过了。这是很不容易忍受和度过的，所以我们就知道了他是一个多胜任这份工作的老师，是一个多好的人。我们在小说的第一页就已经读到了这份胜任，读到了一句句的、从心底里说出来的感激。从心底里说出来的感激是可以读得出的。假装鼓励，言无真切，敷衍了事，不是任何地方都有，不是任何人都有这习惯。在1999年6月29日下午4点45分开始的帝乐小学的这个仪式上，我们看见的是真实，看见的是特别困难的忍受之后的终于胜任。你要明白，和孩子们在一起，和活蹦乱跳、还没有学会秩序、学会规矩，可是心里的古怪念头已经接连诞生的小学生们在一起，而且是在一起度过漫长年月，能够做到如此忍受，一次也不大打出手，就已经近乎杰出，可以颂唱了。

所以,这样的一个老师,这样的一个罗伯特,你以为他真的会在这个充满了感激的仪式结束之后去实行一个报复的计划吗?

书中的故事里是实行了,但那是幽默,是一个忍受了 37 年的老师的纸上谈兵。纸上的攻击,纸上对那些小淘气的狠狠的惩训,狠狠地让他们尝尝味道,让他们知道什么是狼狈不堪,什么是体面全无、尊严扫地。这是一个穿着短裤在校园里无地自容,偷偷匍匐前进过的男人。这是一个美好的婚姻被淘气粉碎的男人。他身高 1.96 米,体重 137 公斤。你想想他的狼狈,想想他多少次捏紧了拳头,又多少次无奈地放开,多少次要破口大骂却只能闭住嘴巴。现在,他不当老师了,他告别了,他需要长长地出一口气,于是,他纸上谈兵,发动进攻了。

这便是这个故事的可能的读法。

这也是这个故事里的罗伯特,他 37 年的忍耐,让我们愿意去理解,所以我们完全可以放心地哈哈大笑,我们一点儿不需要去想,这个老师怎么可以这样。

那些罗伯特的学生,那些淘气鬼、小跳蚤,那些勒康、吉约、马赛克毛毛,他们如果看见罗伯特的这些纸上谈兵、大举进攻,肯定也会哈哈大笑起来。不过他们也会惭愧。他们也会明白,小时候的恶作剧原来这么令人讨厌,而不是什么多么可爱。

其实,他们早就惭愧和明白了,只是他们没有机会正式地说,正式地表达歉意。幸亏马赛克毛毛有了这个机会,结果使得罗伯特精心设计好的报复行动减少了一次。

童年的淘气和恶作剧,往往不需要表达歉意。他们的长大,他们后来的优秀,就等于是证实。证实什么呢? 证实童年只是段落,不是全篇;人会长大,前面的事情只是游戏;童年都是成年带来,成年的人不能容忍那段落,那游戏,那淘气,那么该责问的是,为什么把他们带来呢？何况,所有的成年也都是来自童年,来自那前面的幼稚的段落。你也一样过的！

罗伯特真是一个很宽容很宽容的人,即使是他精心构思了几十年的这个报复计划,一旦遇上马赛克毛毛一句恳求的歉意话,他就立即和颜悦色了,他就立即解甲归田了,他就立刻又成为本来的罗伯特了。

罗伯特是不会报复童年的。

天下的真正的老师都不会报复。

可是,如果天下的孩子,天下的学生,天下的淘气包和小跳蚤们,长大了以后,也愿意像马赛克毛毛一样,说出一句恳求的歉意,那么也非常好。这歉意是诗,是这世界喜欢的一个回响。

退休的罗伯特和他的母亲一定还住在冈贝塔大街 80 号。

他们的身体一定都还非常好。

只是,那辆黄色老雪铁龙 2CV,罗伯特还开着吗？

我希望他开着。开着一辆老车的感觉是很安定的。这辆老车里有他的 37 年。

《罗伯特的三次报复行动》教学设计

张祖庆

【文本赏析】

以儿童的视角欣赏这部作品,最具吸引力的莫过于"罗伯特"这个另类的教师形象及与之相关的那些离奇事件了。人物设定的颠覆性和故事情节的戏剧化是吸引孩子的主要原因。

罗伯特的身份是"教师",但这位教师的形象与孩子们平常所看到的、接触到的教师形象迥然不同。

罗伯特选择这份职业的动机是令人咂舌的,他"选择了唯一能让他实现报复那些小孩儿的职业——小学教师"。

罗伯特的数学能力是令人吃惊的,"从 1 到 6 的乘法他还能应付,一超过 6,他就控制不住地惊慌失措,接着就开始胡言乱语"。

罗伯特的外形特点也足以使他鹤立鸡群,"1.96 米的身高,125 公斤的体重"——然而,居然搞不定那些"小苍蝇"!当这样一位教师闯进孩子们的视野时,他们一定觉得匪夷所思,充满了无限的好奇,由此,也在一定程度上激发了孩子们的阅读期待。

如果说罗伯特是一个打破常规的主角,那么罗伯特的妈妈就是一个有过之而无不及的配角。这位妈妈身上涌动着的母爱似有恣意之感。在她母爱的笼罩下,罗伯特时常呈现出幼儿般的稚嫩,与他的外在形象形成鲜明的对比,着实让人大跌眼镜!

这部作品在塑造人物形象时试图先朝着某个极端推进,继而形成反弹。陌生与熟悉相互碰撞,其冲击力足以使读者过目不忘。

与人物形象的塑造有着异曲同工之妙的是情节的安排。

情节紧紧围绕"报复"展开。"报复"?罗伯特作为一位教师要"报复"他的学生?而且还实施了三次"报复行动"?书名《罗伯特的三次报复行动》概述了整本书的情节,而这样的情节无疑是极能激发阅读者的阅读兴趣的。这是透过书名看情节。

从全书故事的展开来看,情节的安排运用了典型的反复结构。每一次报复行动都按照"报复的原因——报复的过程——报复的结果"加以叙述。每一次报复行动,都是闹剧和喜剧的叠加。再加上作者幽默风趣、略带调侃的语气,铺陈夸张的描述,使每一次情节的展开都富有戏剧化的色彩。

这样的"戏剧化"是能给读者,尤其是小读者们带来阅读快感的。然而,阅读除了给人快感,还需要带来发自内心的震撼和来自灵魂的感悟。第三次"报复行动"成功地做到了这一点。作者安排了"11年后的见面",虽是匆匆的见面,却是温暖的回眸。诚如梅子涵先生所言,罗伯特"精心构思了几十年的这个报复计划,一旦遇上马赛克毛毛一句恳求的歉意话,他就立即和颜悦色了,他就立即解甲归田了,他就立刻又成为本来的罗伯特了"。而这歉意"是诗,是这世界喜欢的一个回响"。

因此,这本书的人物形象和故事情节不仅能深深地吸引孩子,更能深深地打动孩子。这就是《罗伯特的三次报复行动》的魅力所在、价值所在。

【教学目标】

1. 通过情节概述、现场共读等设计,带领学生略读若干章节,激发学生的阅读愿望。

2. 尝试运用"根据封面预测一本书的内容""根据前文推测后面的故事情节"等阅读策略,教给学生阅读小说的方法。

3. 借助情节图,进一步梳理全书结构;交流创意人物金名片、运用角色心情日记,练习重读、视觉化等阅读策略,分享阅读方法。

4. 深入探索人物内心世界,引导学生学会换位思考,感受宽容等美好品质,学会正确地认识和处理人际冲突。

【适读年级】三至五年级

【建议课时】两课时(导读课一课时;自由阅读全书后,交流课一课时)

第一课时:导读

一、根据封面和提要,开启读书之旅

1. 引导观察,大胆预测

师:今天这节课,我们来挑战阅读国际大奖小说——法国作家让-克劳德·穆莱瓦的《罗伯特的三次报复行动》,这本书曾获得林格伦纪念奖、法国团结奖、比利时贝尔纳·维尔拉奖。挑战就从封面开始——请仔细观察书的封面,发挥想象力,大胆地预测:这本书可能会讲些什么?

（引导学生关注书名中的关键词:"报复""三次";学会读图,关注画面上人物的神情、细节等。）

教师小结:读书,特别是读刚刚拿到的书时,要善于大胆地通过封面进行推测,让读书之旅像探险一样充满着惊喜!

2. 出示内容提要,整理小说脉络

（1）出示内容提要,自由阅读

> **内容提要**
>
> 罗伯特是法国帝乐小学的教师,他在学校工作了37年后,光荣退休。
>
> 乍一退休,罗伯特就迫不及待地拿出学生名册,开始实施自己酝酿了37年的报复计划。三次报复行动,每一次都计划周密,且充满了让人意想不到的笑料:勒康的餐馆中乱得一塌糊涂的晚餐,尤其是大狗布鲁的表演不禁让人笑翻;开美容院的吉约姐妹的派对上垃圾从天而降,光鲜亮丽的客人一个个狼狈不堪;而第三次报复行动中,在马赛克毛毛小姐的音乐会上,罗伯特被她的经历和真诚所感动,以温暖和宽容原谅了曾经恶作剧的学生,留给读者以美好的想象。

（2）教师提问:连读带猜,你能推测出什么?

教师根据学生的回答,即时整理:

★主要人物及身份、职业:

罗伯特：退休教师

勒康：餐厅老板

吉约姐妹：美容院老板

马赛克毛毛：歌星

★罗伯特的报复顺序及采用的办法：

勒康——一塌糊涂的晚餐

吉约姐妹——从天而降的垃圾

马赛克毛毛——未知

根据阅读和对答，师生合作梳理出人物情节图：

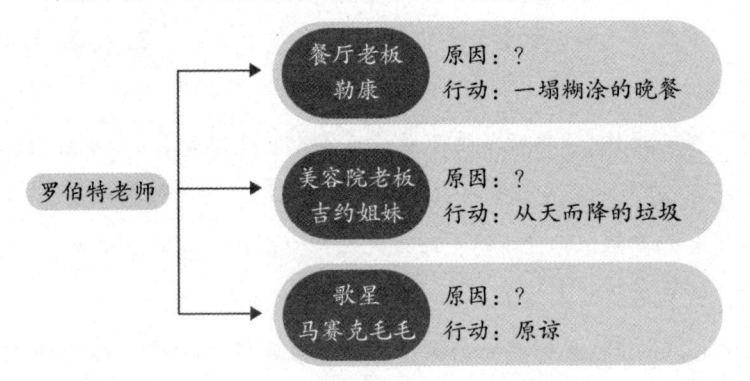

```
                    ┌─ 餐厅老板   原因：？
                    │   勒康     行动：一塌糊涂的晚餐
                    │
罗伯特老师 ─────────┼─ 美容院老板 原因：？
                    │  吉约姐妹   行动：从天而降的垃圾
                    │
                    └─   歌星    原因：？
                       马赛克毛毛 行动：原谅
```

教师小结：小说的核心要素就是人物、情节和环境。你们都有一双会阅读的眼睛，一下子就把最重要的"人物"和"情节"给抓住啦！了不起！

3. 质疑，激发阅读期待

师：现在，你们最想知道的是什么？

（罗伯特为什么要报复学生？他报复的过程中发生了哪些有趣的故事？）

二、现场共读,直击罗伯特的"第一次报复行动"

1. 师:请用心听我朗读罗伯特的"第一次报复行动"中的最富有戏剧性的场景,听后,你们刚才最关心的问题一定会得以解决。

故事发生在罗伯特老师 26 岁那年。有一位国家教学管理机构的检查员来听课,并且要给他打分,这位罗伯特老师从来没有算对过 6 以上的乘法,一位叫勒康的学生却故意让罗伯特老师出洋相,令他在检查员面前出了很多状况,丢尽了脸。

屏幕出示片段,教师朗读:

> 现在来总结一下这个"迷人"的上午:
>
> 卡特琳·肖斯头上缝了 14 针,在家休养了整整两个星期。当然,她还得换副眼镜。
>
> 布里吉特·拉瓦蒂,下巴脱臼,左脸颊充血。
>
> 史蒂芬妮小姐,国家教学检查员,被送进了北部医院。她全身上下多处被碎玻璃扎伤……
>
> 罗伯特,四年级教师,获得了历史上从未有过的糟糕分数。
>
> 七条金鱼全部死亡。

师:32 年后,勒康继承了爸爸的"老城堡"餐厅,在一个特别的晚上,美食评论家马莱耶松来"老城堡"品尝美味,以此决定餐厅的未来。罗伯特老师安排了他的表弟和大狗布鲁搅局,结果闹得餐厅一片狼藉。这个晚上被罗伯特称为最"迷人"的晚上。

屏幕出示片段,教师朗读:

> 现在来看一下这个"迷人"的夜晚的成果:
>
> "老城堡"餐厅因内部整修停止对外营业两周……
>
> 四位员工因"心理创伤"而获得休假。
>
> 皮埃尔·依夫·勒康先生在事后挨了两针,一针是狂犬病疫苗,还有一针用来预防破伤风……
>
> 多米尼克·马莱耶松,美食评论家,足足睡了五天五夜……
>
> 大狗布鲁在睡了八个钟头之后也醒了过来,心情特别好。它刚一醒来就直接朝自己的饭盆走过去,因为它又饿了。

2. 交流感受:哪些场面最富戏剧性?

(学生自由发言,结合回答,重读这个章节最富戏剧性的场景,感受故事的有趣之处。)

3. 话题讨论:你认为这是一次怎样的报复?

(预设回答:出乎意料、笑料百出、非常疯狂、以牙还牙……)

4. 头脑风暴:如果以罗伯特的第一次报复行动为题材,给书重新设计封面,你有什么吸引人眼球的创意?

三、根据前文线索,猜测"第二次报复行动"的内容

1. 出示第二次报复的原因

(教师根据书本第九章内容,加以概括,呈现在屏幕上。)

> 1978年6月15日,放学回家后,淘气的吉约姐妹把一个蓝色的塑料脸盆放在土耳其蹲式厕所的上方……

> 罗伯特老师遭受了"暴雨"的袭击。接着,他脱下来晾晒的衣服也被学生用钩子钩走,更为恼人的是,他没办法拨通家里的电话,连出学校的所有的门都被锁上了。他只好穿着短裤,在学校里度过了一个非常狼狈、让他几乎崩溃的夜晚。

2. 提问

师:会阅读会观察的孩子们,你们能不能根据罗伯特第一次报复行动的特点,推测一下,罗伯特这一次可能会怎样报复学生?

3. 快速默读本书第十章"第二次报复行动"

读后汇报:

第二次报复行动的哪些情节和你的猜测相似?

哪些情节又出乎你的意料?

(寻找最富有戏剧性的场景,感受故事的好玩儿、有趣之处。)

4. 小组讨论

作为读者,你认同罗伯特老师的报复行动吗?你认为罗伯特老师是一个怎样的人?

5. 课堂小结

师:这节课,我们通过"猜测——验证——讨论",欣赏到了一幕幕富有戏剧性的故事。边阅读,边推测,边讨论,就会让阅读充满思考的快意、发现的快乐!带着这些宝贵的阅读方法和阅读任务单,让我们开始整本书的阅读吧!

附:阅读任务单

《罗伯特的三次报复计划》阅读任务单

教师的话:孩子们,请用心读完本书,并独立完成以下阅读任务。

阅读任务一:

自由阅读全书,完善"人物情节图"

阅读任务二:

选择书中你最感兴趣的人物,做一张"创意人物金名片"。

温馨提示:名片上可以有"人物速写""印象快递""角色名言""趣事糗事奇怪事""魅力评价"等内容,创意无极限!

举例:

创意人物金名片

印象快递
个头儿奇高,无比慈爱,无条件支持儿子的奇怪老太太。

趣事糗事奇怪事
她侦破"水炸弹"的案件,推测出罗伯特求婚戒指的秘密,还能想出"放屁枕头"这样的报复点子!

人物速写

魅力评价
我喜欢这个聪明、强悍又善良的88岁老太太!如果没有她,罗伯特将是多么孤独啊!

人物猜猜猜
这是谁呢?请大声呼喊他(她)的名字!
——(　　　　)

第二课时:阅读交流

一、交流,把握结构与人物

1. 分享人物情节图

(1)交流完善后的情节图,借助情节图梳理整本书的故事情节。

(2)教师出示自己完善后的情节图。

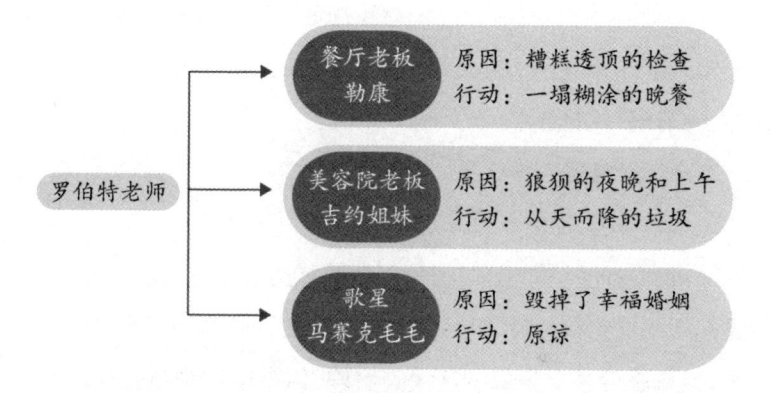

```
                    ┌─→ 餐厅老板    原因:糟糕透顶的检查
                    │   勒康       行动:一塌糊涂的晚餐
                    │
罗伯特老师 ─────────┼─→ 美容院老板  原因:狼狈的夜晚和上午
                    │   吉约姐妹    行动:从天而降的垃圾
                    │
                    └─→ 歌星       原因:毁掉了幸福婚姻
                        马赛克毛毛  行动:原谅
```

教师小结:制作情节图,往往可以把复杂的故事和人物之间的关系"视觉化",令整本书一目了然。

2. 进一步发现写作结构

(1)发现全书写作的"大结构"

师:不知道大家有没有发现,这本书在情节结构上很有特点。请大家根据对整本书的把握,为下面三个词语排序。

报复   退休   放弃报复

(退休——报复——放弃报复)

师：对，这就是整个故事的"大结构"。阅读小说，要从整体把握故事的结构。

（2）发现每次报复的"小结构"

师：作者在写每一次报复的时候，有什么共同之处吗？

教师小结：先写报复原因，再写报复行动，最后写报复结果。这样的结构，让这本书读起来有一种回环往复之美。

3. 玩转"人物名片"，开展"人物猜猜猜"活动

（1）教师呈现自己制作的创意人物金名片，营造分享氛围。

（2）邀请学生上台展示自己课前制作的创意人物金名片，玩一玩"人物猜猜猜"的游戏。

二、对话，复现人物心灵

1. 移情体验，激发认知矛盾

师：我们都已经知道了，罗伯特的第三次报复行动以和解告终。如果你就是罗伯特老师，经历了那么多年的苦苦等待和无比精心的策划，眼看就要享受到扬眉吐气的快乐，你会这样轻易放弃你的报复吗？

2. 组建"对话小组"，开展"头脑风暴"

具体操作如下：

（1）确立观点，组建"对话小组"：支持报复的为"第一小组"；放弃报复的为"第二小组"；如有举棋不定的，可以成立"第三小组"。

（2）重读、跳读全书有关章节，快速寻找"支持报复"或者"反对报复"的依据，做上标记。

（3）教师主持，各小组开展"头脑风暴"。

预设"第一小组"(支持报复)的主要观点和依据可能会有:

马赛克毛毛实在太可恶了!她毁了罗伯特一生的幸福!

相关事件和依据:

A.罗伯特快47岁才和同事克罗蒂娜恋爱,他花了四个月的工资买来戒指向她求婚,却发现戒指内侧刻着"罗伯特和克丽斯蒂娜"。克罗蒂娜以为罗伯特将曾经送给别人的戒指给她,从此不再和罗伯特有多余的来往。其实这是奥德蕾·马赛克毛毛干的。她谎称自己是罗伯特的侄女,让店员在戒指内侧刻上"罗伯特和克丽斯蒂娜"几个字。

B. 在戒指事件之后的几年中,罗伯特也想过去婚姻介绍所注册,但是他担心克罗蒂娜会和他有同样的念头,于是放弃了自己的想法,并且一辈子都没有结婚。

C.罗伯特一直是喜欢克罗蒂娜的。因为在第一章的欢送会上,只有在克罗蒂娜送他金笔的时候,罗伯特才有唯一的一次真情流露。

…………

预设"第二小组"(支持放弃)的主要观点和依据可能会有:

马赛克毛毛是因为不懂事才搞的一个恶作剧,她早就后悔了!

相关事件和主要依据:

A.她在演唱会结束后主动邀请罗伯特和她相见,并说罗伯特是个"好老师""好人"。

B.她眼泪汪汪地向罗伯特忏悔当年的过错,这些年她一直被后悔折磨,只想得到罗伯特的原谅。

C.她是一个好姐姐,无微不至地照顾身患重症的弟弟。
…………

3. 创设情境,书写角色心情日记

屏幕出示提示,学生选择罗伯特或奥德蕾·马赛克毛毛,为人物书写心情日记。

> 深夜,奥德蕾·马赛克毛毛回到家,回想起11年前曾经陷害老师的那件事,回味着刚才老师原谅她的那一幕,她如释重负,在日记中写下了这样的话语:
>
> 谢谢您,敬爱的罗伯特老师……
>
> 积郁多年的愤怒被彻底抚平之后,罗伯特久久难以入睡。对学生的三次报复行动一幕幕在他眼前闪过。他感慨万千,不由得喃喃自语:
>
> 谢谢你,亲爱的奥德蕾……

4. "心灵对白"和"阅读回应"

邀请三对"罗伯特"和"奥德蕾·马赛克毛毛"上台互相朗读心情日记,并给对方一句回应,教师巧妙串引,让学生走进人物的内心世界。

三、拓展,激发读写热情

1. 阅读书评

师:结合整本书,说说梅子涵老师所撰写的书评中的哪一句话引起了你的共鸣。

2. 推荐阅读

师：老师和学生是天然的盟友，又是天然的"对手"。更多与众不同的老师、与众不同的学生、与众不同的故事，在更多与众不同的书中，更在我们每个人与众不同的生活里。请大家花一个月时间，阅读《扑克游戏》《克拉拉的箱子》《窗边的小豆豆》。

师：阅读这些书的时候，我们可以尝试完成以下任务或思考题：

（1）结合书名、封面和目录，大致推测这些书的内容。

（2）每本书的结构各有什么不同的特点？试着为每本书绘制情节图。

（3）这些书中的学生和老师与我们身边的学生和老师有什么相同、不同之处？

3. 启发写作

师：在反复的比较中，你或许会发现，自己身边的老师和同学也是那样富有个性、与众不同。如果有兴趣，不妨把你的老师和同学之间有趣的故事写下来。下一本精彩的书，也许就是你的作品。